Der Rabengott

ECON Unterhaltung

Hagen von Tronje ist der dunkelste Ritter des Nibelungenliedes. Über seine wahre Herkunft weiß man wenig. Der Nachwelt gilt er als Verräter, der dem stolzen Siegfried den Untergang bringt. In diesem ersten Band einer großen neuen Saga um die Helden des Nibelungenliedes wird eine ganz andere Geschichte vom gefürchteten Hagen erzählt. Schon als Kind ist Hagen vom Rhein fasziniert, dem sagenumwobenen Fluß seiner Heimat. Eines Tages jedoch legt er sich mit den Geistern des Flusses an und erweist sich als Dieb des Rheingoldes. Doch Hagen muß erkennen, daß niemand ungestraft die Flußgeister berauben darf.

Kai Meyer, Jahrgang 1969, gilt als einer der kreativsten jungen Erzähler. Er hat sich vor allem als Autor spannungsreicher historischer Romane einen Namen gemacht. Sein Debüt »Die Geisterseher« wurde von der Frankfurter Allgemeinen bis hin zur Süddeutschen Zeitung als überaus gelungen und ambitioniert gewertet.
Kai Meyer lebt in der Nähe von Köln.

Im Verlag Marion von Schröder ist im Frühjahr 1997 sein großer phantastischer Roman »Hex« erschienen.

Kai Meyer

Der Rabengott

Roman

Der Romanzyklus »Die Nibelungen« entstand
nach einer Idee von Kai Meyer.

Konzeption: Kai Meyer/Reinhard Rohn

ECON Taschenbuch Verlag

Für Alexander

Veröffentlicht im ECON Taschenbuch Verlag
Originalausgabe
© 1997 by Kai Meyer
© der deutsche Ausgabe 1997 by ECON Verlag GmbH,
Düsseldorf
Umschlaggestaltung: Init GmbH, Bielefeld
Titelabbildung: Agentur Schlück
Lektorat: Reinhard Rohn
Gesetzt aus der Goudy, Linotype
Satz: Josefine Urban – KompetenzCenter, Düsseldorf
Druck und Bindearbeiten: Ebner Ulm
Printed in Germany
ISBN 3-612-27410-4

Prolog

In dieser Nacht würde der Junge den Fluß bestehlen.
Das Licht des Vollmondes brach sich in weißen Kristallsplittern auf dem Wasser, als der Junge das Rheinufer erreichte. Sein Bruder, ein Jahr weniger vom Bartwuchs entfernt, lief an seiner Seite. Johlend, jubelnd, alle beide.

Vor zwei Tagen hatte unweit von hier ein alter Schuppen gestanden, in dem die Fischer ihre Netze aufbewahrten. Am Abend hatte das Hochwasser den Giebel verschluckt, und immer noch stieg es höher und höher; schon stand der halbe Hang unter Wasser, ganze Waldstücke waren in den Fluten versunken, wiegten sich lautlos in der reißenden Strömung.

Der Fluß würde noch weiter steigen, hatten die Alten prophezeit. Der Pfaffe hatte gar vorgeschlagen, eine Arche zu bauen. Man hatte ihn ausgelacht.

Der Junge und sein Bruder ließen sich erschöpft vom Fangenspiel ins Gras fallen. Aus den Mauern der Burg, weit oberhalb des Hangs, ertönte gedämpft der Trubel der Feier: das Fiedeln der Spielleute, das Gröhlen der Betrunkenen, das Kreischen der Weiber. Manchmal hörte der Junge seinen Vater heraus; als Burgherr war es an ihm, polternde Trinksprüche auszubringen, die das Singen und Brüllen übertönten. Das fiel ihm keineswegs schwer, denn seine Stimme – davon waren beide Söhne überzeugt – reichte von hier bis zur nächsten Stadt, ganze zwei Tagesritte entfernt.

Hier unten, am neuen Ufer, klangen die Laute der Feierlichkeiten wie Echos aus einer anderen Welt, weit, weit entfernt. Das wilde Rauschen der Strömung, das Wimmern des Windes: beides nahezu ohrenbetäubend. Dem Jungen war fröhlich zumute, fast beschwingt; er wußte, er tat etwas Verbotenes.

Deutlich, vor allem aber stimmgewaltig, waren die Worte seines Vaters gewesen: »Geht nicht hinab zum Fluß, nicht solange er über die Ufer tritt!«

Sie waren trotzdem hergekommen, sein Bruder ein wenig zögernd und mit verstohlenen Blicken zur Burg hinauf, der Junge aber frohgemut und stolz auf seine Kühnheit. Viele waren schon von den Fluten fortgerissen worden, unvorsichtige Fischer, Mägde beim Wäschewaschen, arglose Holzsammler, die Äste aus dem Wasser angeln wollten. Sie alle hatte der Strom in die Tiefe gerissen, strudelnd, sprudelnd, alles verschlingend.

»Sieh nur, da vorne!« rief plötzlich sein Bruder und deutete flußaufwärts ins Dunkel.

Der Blick des Jungen folgte der ausgestreckten Hand seines Bruders. Er spürte sogleich, wie sein Herz schneller schlug.

Im fahlen Licht des Vollmondes wippte etwas Großes, Finsteres auf dem Wasser, auf und nieder, ohne sich dabei vom Fleck zu bewegen. Das Gebilde hatte sich in der Krone einer Buche verfangen, die mit starken Ästen danach krallte.

»Ein Boot!« stieß der Junge aufgeregt aus und sprang auf die Füße. »Das ist ein Boot!«

»Natürlich ist es das«, gab sein Bruder zurück; er wollte mürrisch und schlau erscheinen, zwei Eigenschaften, die in seinen Augen zusammengehörten. »Was denn sonst? Ein Riesenfisch?«

Die letzten Worte hörte der Junge schon gar nicht mehr, denn er lief ausgelassen am Ufer entlang nach Süden. Der Boden fiel steil zum Wasser hin ab; es war gefährlich, hier so schnell zu laufen. Das durchgeweichte Erdreich mochte absacken und ihn hinunter in den Rhein reißen, so wie den Sohn des Mundschenks, beim letzten Hochwasser vor acht Jahren.

Auf Höhe des Wracks hielt der Junge an und starrte angestrengt hinaus auf den Fluß. Es war ein großes Boot, fast ein kleines Schiff, mit überdachtem Unterdeck und einem Mittelgang zwischen den Ruderbänken. Der Mast war in Schulterhöhe abgebrochen; von ihm und dem Segel war keine Spur zu sehen. Auch gab es kein Leben an Deck, keinen Mensch weit und breit. Die Besatzung mußte an einer günstigen Stelle über Bord gegangen sein, in der Hoffnung, trotz der Strömung das Ufer zu erreichen. Der Junge bezweifelte, daß alle es geschafft hatten. Trotzdem blickte er vorsichtshalber nach Süden; nach dreißig, vierzig Schritten verschwand das mondbeschienene Gras in einem Wald, dessen tiefergelegene Teile bis zu den Wipfeln im Wasser standen. Das Gelände war verlassen.

Das Boot hatte sich längsseits zur Strömung in der Buche verkeilt. Das Wasser klatschte gegen seinen Rumpf, spritzte schäumend über die Reling, voller Wut über die Herausforderung. Der Bug war etwa fünf Schritte vom Ufer entfernt, wurde von den Wellen auf- und abgeschleudert.

Der Junge wagte nicht, mit den Füßen ins kalte Wasser zu steigen. Obgleich die Buche so nah am Ufer stand, war sie bis zu den oberen Ästen im Fluß versunken; unweit des Jungen befand sich unter der Wasseroberfläche eine jähe Steilwand. Selbst wenn es ihm gelungen wäre, der Strömung standzuhalten, hätte er dennoch nicht bis zum Boot waten können. Er hätte schwimmen müssen, und das mochte übel enden.

Sein Bruder trat neben ihn und blickte gleichfalls zum Wrack. »Wem mag es gehören?«

»Und was mag es geladen haben?« Abenteuerlustig gab der Junge sich selbst eine Antwort: »Vielleicht einen Schatz.«

»*Einen Schatz*«, äffte ihn sein Bruder mit piepsiger Stimme nach und rollte mit den Augen. Im Mondlicht sah die Grimasse unheimlicher aus, als er ahnte. »Ein paar alte Fische werden drinliegen, wahrscheinlich schon angefault.«

»Sei nicht so langweilig.«

»Was willst du denn tun? Vielleicht rüberschwimmen?«

»Nein«, gab der Junge zurück, und gleich darauf verzogen sich seine Mundwinkel zu einem triumphierenden Grinsen. »Aber mit dem Baumstamm da vorne könnte es gehen.«

Sein Bruder folgte seinem Blick zu einer gefällten Birke; die Holzfäller würden sie erst am nächsten Morgen zur Burg hinaufbringen.

Der Junge war vor Begeisterung nicht mehr zu halten. Er lief zu dem Stamm hinüber und zerrte an den Ästen. Es war ein junger Baum, von Krankheit zerfressen, und er war nicht allzu schwer. »Komm schon, zu zweit können wir es schaffen.«

Auch in den Augen seines Bruders flackerte jetzt Wagemut, doch er gab sich Mühe, ihn sich nicht einzugestehen. »Wenn Vater davon erfährt, wird er –«

»Gar nichts wird er.« Der Junge hatte den Stamm schon ganz allein die halbe Strecke zum Ufer herabgezogen. »Vater und die anderen feiern, sogar die Wächter auf den Zinnen würfeln und trinken. Niemand wird etwas bemerken.«

»Wenn einer von uns ins Wasser fällt«, begann sein Bruder schwerfällig, verstummte aber sogleich. Natürlich reizte auch ihn das Abenteuer, und an einem gab es nichts zu rütteln: Die Gefahr einer Strafe war denkbar gering.

Mit einem kräftigen Atemholen – das hatte er dem Stallmeister abgeschaut, bevor der den Kindern etwas durchgehen ließ – trat er an die Seite des Jungen. Gemeinsam schleppten sie den Stamm das letzte Stück zum Wasser hinunter.

»Und nun?«

Der Junge runzelte altklug die Stirn. »Wir müssen ihn ein Stück weiter flußaufwärts ziehen. Wenn wir den Stamm dort ins Wasser schieben, treibt ihn die Strömung hierher. Vielleicht verkeilt er sich dann zwischen dem Boot und dem Ufer.«

»Hoffentlich.«

Ächzend vor Anstrengung setzten sie den Plan in die Tat um, und tatsächlich: Wenig später bildete der Birkenstamm eine wacklige Brücke zwischen Wiese und Wrack. Auf der schwarzen Flußoberfläche schimmerte er bleich wie ein mächtiger Knochen.

Die beiden zerrten an den Ästen und prüften, ob der Stamm festsaß. Fest genug.

»Ich geh' zuerst«, sagte der Junge und kletterte flink ins Gehölz.

»He!« rief sein Bruder. »Wir sollten das auslosen.« Aber es war kein ernstgemeinter Widerspruch; in Wahrheit war er froh, daß er das Wagnis nicht als erster eingehen mußte.

Der Junge kletterte auf allen vieren über den Stamm. Der Baum lag zur Hälfte unter Wasser, die Strömung spülte über ihn hinweg. Es war schwierig, nicht den Halt zu verlieren. Die nasse Rinde war glatt und löste sich in breiten Fetzen, und mehrmals war der Junge nahe daran, kopfüber in die Fluten zu stürzen. Sein Herzschlag raste, vor Anspannung hielt er die Luft an. Er hatte schreckliche Angst.

Schließlich berührte seine ausgestreckte Hand den Bootsrumpf. Die Reling des Wracks schwankte hinauf und herunter, war mal in Schulterhöhe, mal hoch über seinem Kopf. Dem Jungen blieb nichts anderes übrig, als sich mit beiden Händen daran festzuhalten und sich bei der nächsten Woge mit nach oben ziehen zu lassen. Inmitten der schäumenden Gischt war das alles andere als ein Kinderspiel.

Sein Bruder rief ihm eine Warnung zu. Das Tosen des Flusses und der jammernde Wind rissen die Worte von seinen Lippen, verwehten sie im Nichts.

Die Finger des Jungen krallten sich um die Reling. Er schloß die Augen und zählte in Gedanken: eins, zwei, drei –

Die Woge kam mit entsetzlicher Wucht und schleuderte das Wrack nach oben. Der Ruck riß dem Jungen fast die Arme aus den Gelenken. Seine Füße wirbelten aus dem Wasser, er selbst rutschte am Rumpf empor, schrie auf – und hing plötzlich mit dem Oberkörper über der Reling. Geistesgegenwärtig ließ er sich nach vorne sacken, polterte aufs Deck. Gerade noch rechtzeitig, denn im selben Augenblick krachte das Boot zurück nach unten. Die Bewegung hätte ihn rückwärts ins Wasser geschleudert.

Benommen kämpfte sich der Junge auf Hände und Knie. Im Prasseln der Gischt, die ihm wie Hagel ins Gesicht schlug, schaute er sich um. Das Boot war nicht breit, fünf Schritte vielleicht. Der Bug war erhöht, dort führte eine Falltür unter Deck. Der Riegel hatte sich gelöst, die Klappe schlug bei jeder Woge auf und zu, auf und zu ...

Er hatte sich nicht getäuscht. Das Deck war verlassen.

Ihm fiel ein, daß sein Bruder ihn hinter der Reling nicht sehen konnte und sich bestimmt schon Sorgen machte – vor allem um sein eigenes Sitzfleisch, denn falls dem Jungen etwas zustieß, würde die Strafe des Vaters zweifellos seinen Bruder treffen.

Abermals zog er sich an der Reling empor, diesmal an der Innenseite. Ein eisiger Wasserschwall klatschte in sein Gesicht. Täuschte er sich, oder war der Wind stärker, die Strömung noch schneller geworden? Hatte der Fluß auch vorhin schon mit solcher Wut am Rumpf gerissen?

Er erhaschte einen Blick aufs Ufer, ehe ihn die nächste Woge traf. Sein Bruder gestikulierte wild mit beiden Armen, schrie irgend etwas hinaus in das Donnern der Brandung.

Der Junge entdeckte, was er meinte, als er hinab auf die Oberfläche blickte.

Der Birkenstamm war verschwunden. Er mußte sich aus der Verkeilung gelöst haben, war vom Strom davongerissen worden. Es gab keine Verbindung mehr zum Ufer.

Eine eiskalte Faust legte sich um sein Herz. Seine Knie erbebten, seine Finger wollten sich zitternd von der Reling lösen. Panik griff nach seinem Denken. Er war allein hier draußen, dem Fluß und dem Sturm hilflos ausgeliefert, ohne Hoffnung auf –

Ein Knirschen riß ihn aus seiner Erstarrung. Holz knarrte lautstark, kreischte auf wie ein kleines Kind. Etwas brach und zerbarst. Gleichzeitig wurde das Wrack herumgeschleudert, schwenkte blitzschnell in die Strömung, löste sich aus der Umklammerung der Baumkrone.

Der Junge sah gerade noch durch einen Schleier aus Tränen und Rheinwasser, wie sein Bruder und das Ufer davonrasten. Dann begriff er, daß er selbst es war, der sich entfernte! Das Boot trieb flußabwärts davon!

Er verlor seinen Halt, polterte quer über Deck und schlug gegen die Reling auf der anderen Seite. Eine Ruderbank bremste seinen Sturz unsanft mit einer scharfen Kante. Einen Moment lang sah er nur Funken, die vor seinen Augen auseinanderstoben. Ein Gewitter aus Schmerz und Verzweiflung donnerte durch seinen Schädel.

Irgendwie gelang es ihm trotzdem, neuen Halt zu finden. Mühsam zog er sich an der Holzbank entlang zur Reling, blickte darüber hinweg. Durch Gischtschleier sah er das Westufer des Stroms, grau und farblos im Mondenschein. Als er sich umsah, erkannte er hoch über dem gegenüberliegenden Ufer auch die erleuchteten Fenster der Burg. Sie wurden mit erschreckender Geschwindigkeit kleiner. Sein Bruder war nicht mehr zu sehen, ebensowenig die Stelle, an der das Wrack festgesessen hatte.

Das Wrack trieb in der Mitte des Stroms. Der Fluß war durch das Hochwasser mehr als doppelt so breit wie sonst. Unmöglich, von hier aus an Land zu schwimmen.

Das Boot wird irgendwann zerschellen, durchfuhr es den Jungen. Er ahnte, daß das auch sein eigenes Ende sein würde.

Ein gutes hatte die rasende Fahrt den Strom hinunter: Das entsetzliche Auf- und Abwippen des Wracks hatte aufgehört, nicht gänzlich, aber doch soweit, daß nicht in jedem Augenblick die Gefahr bestand, über Bord geschleudert zu werden. Und so lange sich das Boot in der Flußmitte hielt, konnte es auch an keinen Felsen zerschmettern.

Gleichzeitig aber entfernte sich der Junge weiter und weiter von zu Hause. Nun peinigte ihn nicht nur die Angst zu sterben, auch die Furcht vor der Fremde überkam ihn.

Er war hilflos, der dämonischen Gewalt des Flusses und den knarrenden Planken unter seinen Füßen vollkommen ausgeliefert.

Ich werde ganz sicher sterben, dachte er mit kühler Klarheit, nicht heldenhaft von der Hand eines Feindes, sondern jämmerlich ersäuft durch meine eigene Schuld!

Ihm war, als raste er die halbe Nacht dahin, vor- und zurückgeschleudert, durchgeschüttelt, frierend, in Todesangst. Und er würde nicht einmal erfahren, was sich unter Deck befand. Hatte er dafür nicht überhaupt erst sein Leben aufs Spiel gesetzt? Einige Herzschläge lang spielte er mit dem waghalsigen Gedanken, die Reling loszulassen und sich hinüber zur Falltür zu tasten. Doch immer noch spülten Brecher über die Planken hinweg, einige stark genug, ihn mit sich über Bord zu reißen. Nein, entschied er bitter, von solch tollkühnem Vorhaben hatte er wahrlich genug.

Die Falltür schlug auf und zu.

Auf und zu.

Der Junge schlief ein.

Einen Augenblick später, noch bevor seine Umklammerung sich lösen konnte, riß ihn ein mörderischer Ruck zurück in die Wirklichkeit. Knirschen, Brechen, Bersten – dieselben Laute hatte er gehört, als sich das Schiff aus der Buche gelöst hatte.

Nun ertönten sie wieder. Als er aufblickte, sah er, daß das Wrack abermals still stand. Erneut bot es seine Längsseite der tobenden Strömung dar.

Diesmal aber hatte es sich fester verkeilt. Das Ostufer war nur noch fünfzehn Schritte entfernt. Weit genug, um bei dem Versuch, hinüberzuschwimmen, zu ertrinken. Zu nahe aber, um alle Hoffnung fahrenzulassen.

Er entdeckte auch, wem er das vorläufige Ende seiner Irrfahrt zu verdanken hatte.

Der Bootsrumpf war seitlich gegen die Wipfel zweier starker Tannen getrieben. Zwar bogen sie sich unter der Last, schienen aber kräftig genug, dem Druck des Schiffes standzuhalten. Beide Bäume ragten kaum bis zum Rand der Reling aus dem Wasser, der Rest war im Fluß versunken.

Die Gedanken des Jungen wirbelten wild in seinem Kopf umher. Er brauchte eine Weile, ehe es ihm gelang, ein wenig Klarheit in sein Denken zu bringen.

Das Boot wippte wieder auf und ab, doch die Strömung schien an dieser Stelle nicht ganz so stark zu sein. Es war durchaus möglich, unbehelligt bis zur Falltür zu kriechen und einen Blick unter Deck zu wagen. Wenn er schon sterben sollte, so wollte er wenigstens erfahren, wofür.

Flach an die glitschigen Planken gepreßt schob er sich auf die Klappe zu. Sie hob sich bei jeder Welle nur noch wenige Fingerbreit, schlug nicht mehr gänzlich auf und zu. Der Junge würde sie selbst öffnen müssen.

Als er nahe genug heran war, streckte er vorsichtig die Hand aus, packte den Griff der Falltür und klappte sie zurück. Darunter lag ein schwarzes, schier bodenloses Loch.

»Ist da wer?« rief er mit schwacher Stimme nach unten. Die Worte klangen hohl im Inneren des Schiffsrumpfes wider.

Niemand antwortete.

Du mußt es tun, redete er sich tapfer zu, deshalb bist du doch hergekommen. Einfach über die Kante kriechen, dich hinunterschwingen – ja, und dann?

Das Boot hob und senkte sich im Rhythmus des Flusses, aber immer noch schienen die beiden Tannenwipfel es fest in seiner Längslage zu halten. Aus der Falltür drang dumpfes Flüstern herauf, das Glucksen der Strömung unter dem Kiel.

Mach schon! sagte er sich ungeduldig. Ein lahmer, widerwilliger Wunsch.

Er legte beide Hände um die Kante der Öffnung, zog sich ächzend heran. Sein Gesicht schob sich über das Loch. Er erwartete, daß ihm etwas entgegenschießen, nach ihm greifen würde, doch nichts dergleichen geschah. Der Laderaum roch muffig, ein wenig wie verfaultes Obst.

Er gab sich einen Ruck, glitt mit einem leisen Aufschrei in die Tiefe und spürte schon einen Augenblick später Holz unter den Füßen. Gleichzeitig wurde das Boot nach oben gewirbelt, senkte sich dann schlagartig wieder. Der Junge verlor sein wackliges Gleichgewicht, fiel zur Seite und rollte quer durch den Laderaum. Fort von dem hellen Viereck aus Mondlicht, das durch die Luke hereinfiel, tiefer hinein in die Finsternis des Bugraums. Seine Schulter prallte gegen die Schiffswand. Erst allmählich dämmerte ihm, daß es in der ganzen Länge des Laderaumes nichts gab, das seinen Sturz hätte aufhalten können. Das Boot war leer, dessen war er nun trotz der Dunkelheit sicher. Keine Menschen, keine Ladung. Wahrscheinlich hatte die Strömung es vom Ufer fortgerissen, als niemand an Bord gewesen war. So einfach war das – und so unspektakulär. Dafür also hatte er mit seinem Leben gespielt. Dafür mochte er bald sterben.

In der Schwärze begann der Junge zu weinen. So saß er dort lange Zeit, verzweifelt, enttäuscht, von Furcht gepeinigt.

Irgendwann wischte er sich die Tränen aus den Augen und krabbelte auf allen vieren zurück zur Falltür. In einem ruhigen Moment gelang es ihm, sich schwankend auf die Füße zu stellen und mit ausgestreckten Armen nach der Kante zu greifen. Er war kräftig genug, sich nach oben zu ziehen. Wasser spritzte ihm entgegen, und einen Moment lang kämpfte er strampelnd um seinen Halt. Dann gelang es ihm, erst ein Knie, dann das zweite aufs Deck zu heben. Den Göttern sei Dank, er war wieder im Freien!

Immer noch preßte sich der Bootsrumpf längsseits gegen die beiden Tannen. Gedankenverloren hielt der Junge sich wieder an der Reling fest, als ihm plötzlich in einem der Baumwipfel etwas auffiel.

Etwas glänzte zwischen den Ästen.

Neugier verdrängte die dumpfe Gleichgültigkeit in seinem Schädel. Mit beiden Händen zog er sich an der Reling entlang bis zu jener Stelle am Heck, wo sich das Boot an den gebogenen Wipfel drängte. Zitternd streckte er eine Hand aus. Ohne größere Mühe gelang es ihm, das Glitzerding zu umfassen.

Es war ein Goldreif, und als er erst einmal die Nadelzweige beiseite geschoben hatte, entdeckte er, daß dort, ganz nah am Stamm des Baumes, noch weiteres Geschmeide hing. Eine Kette aus hauchdünnen Goldplättchen; eine edelsteinbesetzte Krone, würdig einer Fürstin; mehrere Ringe, die mit einer Schnur zusammengebunden waren; dazu ein Diadem, wie seine Mutter kein schöneres besaß.

Es gab keinen Zweifel: Dies waren Reichtümer, wie selbst Edelleute sie sich erträumten.

Der Junge konnte sein Glück kaum fassen. Vergessen waren für den Moment die Gefahren des Rheins, vergessen auch jeder Gedanke ans Alleinsein, an die Heimat, ans Sterben.

Ihm kam ein kühner Geistesblitz: Wenn es in diesem Baum solche Schätze gab, dann vielleicht auch in dem anderen!

So schnell er konnte schob er sich an der Brüstung entlang zum Bug. Hier mußte er sich weit hinauslehnen, ehe die Zweige des Tannenwipfels zu fassen bekam. Mit angestrengtem Stöhnen zog er sie auseinander wie einen Vorhang.

Und da war noch mehr Gold!

Reife, Ringe, Ketten. Sogar eine kunstvoll verzierte Schatulle, faustgroß, an einem Band um den Stamm verharkt. In ihrem Inneren fand der Junge ein gutes Dutzen Ohrringe, manche mit funkelnden Steinen besetzt.

Er häufte seine Schätze vor sich auf, in einem Winkel der Reling, wo die Brecher, die über das Deck fegten, sie nicht fortspülen konnten. Er überlegte einen Augenblick, dann streifte er trotz der Kälte sein Wams ab; darunter trug er nur ein dünnes Leinenhemd. Er machte einen Knoten in den oberen Teil des Kleidungsstückes, damit die Öffnungen für Kopf und Arme verschlossen waren. Dann häufte er mit beiden Händen das Geschmeide hinein, sicherte es mit einem zweiten Knoten. Das fertige Bündel befestigte er an seinem Gürtel, zog und zerrte daran, bis er Gewißheit hatte, daß er es nicht verlieren würde.

Dann erst schaute er sich um.

Keuchte auf, atemlos vor Freude.

Da waren drei weitere Tannen. Sie bildeten zusammen mit den beiden, die das Boot hielten, einen

Kreis aus Wipfeln auf der Wasseroberfläche. Es sah aus wie ein Zirkel zusammengekauerter Zauberer in schwarzen Roben, mit schwarzen, spitzen Hüten. Der Durchmesser des Kreises betrug etwa zwölf Schritte, je fünf lagen zwischen den einzelnen Bäumen.

Einen Moment lang fragte sich der Junge, wer die Bäume in so perfekter Kreisform gepflanzt und aufgezogen hatte. Ihre Anordnung war viel zu gleichmäßig, viel zu gewollt, als daß der Zufall sie hätte schaffen können.

Ein seltsames Unbehagen überkam ihn mit der Plötzlichkeit eines Blitzschlages.

Und ebenso schnell verging es wieder. Denn auch in den drei übrigen Wipfeln sah er es nun glänzen. Mehr, noch mehr Gold!

Wütend über seine Hilflosigkeit blickte er über die rasende Wasseroberfläche. Zwischen den Wipfeln, die etwa schulterhoch aus dem Fluß ragten, hatte sich nicht nur das Boot verfangen; armdicke Stränge aus Wasserpflanzen reichten von Baum zu Baum.

Ohne Zögern, den Geist vom nahen Reichtum verschleiert, hangelte sich der Jung über die Reling, streckte einen Fuß ins Wasser. Das schwankende Schiff zog ihn hoch und wieder herunter, doch der kurze Moment, in dem sein Bein bis zum Knie unter der Oberfläche verschwand, reichte aus, ihm erneut die Kälte des Wassers ins Gedächtnis zu rufen.

Trotzdem, er mußte es wagen!

Wenn er mit all diesen Schätzen nach Hause käme, würde sein Vater sicher auf eine Strafe verzichten. Und er konnte immer noch genug davon für sich selbst verstecken, um irgendwann ein gemachter Mann zu sein – auch ohne den Besitz seiner Familie, der nach dem Tod des Vaters an seinen älteren Bruder fallen würde.

Er schloß die Augen und ließ sich fallen.

Die Kälte war wie ein Schlag mit einem Streithammer, hart und kraftvoll und mitten ins Gesicht. Vielleicht verlor er einen Herzschlag lang das Bewußtsein, vielleicht auch nicht; auf jeden Fall wußte er kurz darauf nicht mehr, wie er innerhalb eines Augenblicks plötzlich auf die andere Seite des Tannenkreises geraten war, beide Fäuste um einen der Pflanzenstränge geklammert.

Die Strömung! Sie war viel stärker, viel schneller, als er angenommen hatte. Und schon spürte er, wie sie an seinen Armen zerrte, wie sie ihn mit sich reißen wollte.

Irgendwie gelang es ihm trotzdem, sich an dem Strang aus verschlungenen Wasserpflanzen entlangzuhangeln, bis er einen der Tannenwipfel erreichte. Er dachte nicht mehr an die Gefahr, in der er schwebte, nicht ans Ertrinken, Zerschellen, an eine tödliche Erkältung. An nichts von alledem. Der Gedanke an das Gold beherrschte sein ganzes

Denken. Dafür mochte es sich lohnen zu sterben, damit konnte er auch vor sich selbst rechtfertigen, warum er überhaupt für dieses Abenteuer sein Leben aufs Spiel gesetzt hatte. Plötzlich war es kein Kinderstreich mehr; wenn er das hier überlebte, dann war er ein Held!

Er klammerte sich mit Armen und Beinen an den Baum, der sich leicht mit der Strömung vornüberbeugte. Mit einer Hand pflückte der Junge das Geschmeide aus den Zweigen wie goldene Früchte. Er stopfte es im Chaos der Gischt in seinen Hosenbund, in der Gewißheit, daß seine Hosenbeine in den Stiefeln steckten und er seinen Schatz nicht verlieren würde.

Weiter hangelte er sich an den Pflanzensträngen, und das Wasser, das er dabei schluckte, hätte den Durst einer halben Armee gestillt. Doch er erreichte auch diesmal sein Ziel, packte den Wipfel, hielt sich fest und zog das Gold aus den Zweigen.

Nur einmal kam ihm die Frage in den Sinn, wie das Geschmeide hierhergekommen war. Elstern, sagte er sich; sicher hatten sie es in den Bäumen versteckt, lange vor dem Hochwasser.

Er zweifelte nicht an seinem Tun, glaubte auch nicht, daß er etwas Unrechtes tat. Wem auch immer das Gold einst gehört hatte, nun hatte der Fluß es für sich beansprucht. Der Fluß! Was sollte der schon damit anfangen?

Noch ein Tannenwipfel stand aus, der fünfte und letzte. Der Weg dorthin war schnell überwunden. Schneller noch war das Gold eingesteckt. Schwer und kantig füllte es die Hosenbeine des Jungen, zog ihn merklich nach unten. Er aber dachte nur: Ich bin reich genug, um mir eine eigene Burg zu bauen.

Etwas veränderte sich, schlagartig.

Von einem Moment zum nächsten machte die reißende Strömung einen Bogen um das Innere des Tannenkreises. Sie teilte sich rechts und links des Bootswracks und floß zu beiden Seiten an den Baumwipfeln vorüber. In der Mitte des Kreises aber glättete sich die Oberfläche, bis sie so ruhig dalag wie ein riesiger Spiegel. Das Abbild des Vollmondes schimmerte darin wie eine weiße Pupille in einer schwarzen Iris.

Entgeistert bemerkte der Junge, wie der Druck auf seinen Körper nachließ. Er befand sich im Inneren des Kreises. Nur eine Armlänge von ihm entfernt schossen die Fluten mit ungehemmter Wut nach Norden; hier aber, auf seiner Seite des Pflanzenstranges, war das Wasser so still und glatt wie ein Bergsee.

Da, plötzlich, entstand im Zentrum des Zirkels eine Bewegung, genau dort, wo das Spiegelbild des Mondes schwebte wie eine leuchtende Scheibe. Das Wasser begann sich zu drehen, erst ganz langsam, dann schneller, bis ein gewaltiger Strudel entstand.

Seine scheinbare Trägheit täuschte, seine Kraft war jener der Strömung um ein Vielfaches überlegen. Dem Jungen blieb nicht einmal Zeit, einen Schrei auszustoßen. Er wurde vom äußeren Arm des Strudels gepackt, verlor den Pflanzenstrang aus den Händen und trieb in einer rasenden Kreisbewegung zum Mittelpunkt des Tannenzirkels. Einen Herzschlag lang war ihm, als beugten sich die schwarzen Wipfel einander zu, um verstohlen miteinander zu flüstern; dann drang Wasser in seine Augen, schäumte kalt in seinen Mund.

Er wußte, er würde ertrinken.

Doch er täuschte sich abermals. Der Strudel erstarb im selben Augenblick, da er den Jungen in das Zentrum des Kreises gezogen hatte. Das Wasser glättete sich wieder, die Spiegelung des Mondes festigte sich erneut – der Junge schwamm genau in ihrer Mitte, ein Dorn im Herzen des Lichtauges.

Er wollte schreien, um Hilfe brüllen, Gnade erflehen. Doch seine Stimme versagte ihm den Dienst. Das Entsetzen knebelte ihn mit Schweigen, der Mond fesselte ihn im Zentrum der wispernden Wipfel.

Er spürte, wie die Kälte des Flusses immer noch eisiger wurde. Sie schien aus der Tiefe emporzusteigen, ganz genau unter ihm, kam immer höher und höher, so als gefriere das Innere des Kreises zu einer mächtigen Säule aus Eis.

Kapitel 1

Als er erwachte, war er blind.
Da waren auch Schmerzen, starke Schmerzen. Mit ihnen konnte er umgehen; die Blindheit aber war etwas anderes. Es war lange her, daß etwas ihm solche Angst gemacht hatte, mehr als zwanzig Jahre. Damals, allein im Wasser, da war er genauso hilflos gewesen.

Aber das war lange her, und die Zeit hatte das Gefühl der Angst in seiner Erinnerung zum Verblassen gebracht. Er wußte noch, daß er sich gefürchtet hatte, aber wie es genau gewesen war, das hatten die Jahre für ihn verdrängt.

Jetzt aber war die Furcht wieder da, und er erkannte sie wieder wie einen bösen, alten Feind.

Er konnte nichts sehen, nichts als tiefe, formlose Schwärze. Keinen Schimmer von Licht, kein Glühen in der Ferne, nicht einmal den Nachhall dessen, was er vor seiner Bewußtlosigkeit erblickt hatte. Nur Finsternis.

Hagen von Tronje schrie auf, gellend und lang und verzweifelt. Seine Finger fuhren in Panik hoch zum Gesicht, die Lederkappen seiner Handschuhe berührten die Lider. Seine Augen waren noch da, keines war ausgestochen oder von einem Hieb zerfetzt. Aber die Berührung tat weh, weh genug, um ihn abermals aufschreien zu lassen.

Blind! dachte er immer wieder, während das Entsetzen in ihm tobte.

Blind.

Er lag am Boden, unter seinem Rücken war hartes Gestein.

Die Felsen! Er erinnerte sich. Die Schlacht hatte unten in der Ebene begonnen und sich immer weiter hinauf in die Berge verlagert. Er war mit seinem Trupp aus Söldnern und Halsabschneidern in einen Hinterhalt geraten, wo andere Söldner und Halsabschneider ihnen den Garaus gemacht hatten. Er erinnerte sich, daß ihn der Angriff zweier Gegner nach hinten geschleudert hatte, er war gestürzt, vielleicht mit dem Kopf aufgeschlagen. Möglicherweise war seine Blindheit nur eine zeitweilige Auswirkung des Aufpralls. Das konnte sein; ja nur ein Moment noch, bis sich seine Sinne klärten und er wieder –

Blind.

Seine Hoffnungen lösten sich in Nichts auf. Die Schmerzen in seinen Augen, vor allem im linken, waren zu stark. Das war mehr als eine leichte Verwirrung seiner Sinne. Er führte eine Fingerspitze an die Zunge, leckte Blut vom Handschuh. Blut aus seinen Augen? Es schmeckte so stählern wie eine Schwertklinge, roch wie geschlachtetes Vieh. Hagen hörte den Wind in den Felsspalten klagen. Seine übrigen Sinne waren demnach nicht geschädigt. Nur seine Augen. Seine Sehkraft.

Er wälzte sich schwerfällig herum, kämpfte sich auf die Knie. Sein Kettenhemd klirrte leise, die schützenden Eisenschalen um seine Schultern und Gelenke knirschten. Seine Hände tasteten über den Boden, viel zu schnell, viel zu ungelenk. Sie berührten etwas Weiches, Regloses. Ein Leichnam, gleich neben ihm. Er tastete weiter, schob sich auf allen vieren vorwärts. Noch ein Toter und noch einer.

Er verharrte, wagte nicht, weiterzukriechen. Die Felsen, das wußte er noch, waren schroff und steil.

Er mochte zu nahe an eine der Kanten geraten, zwanzig Schritte in die Tiefe stürzen, hilflos am Boden zerschellen.

Ein Krüppel, dachte er, erst verächtlich, dann verzweifelt. Es war gleichgültig, ob er in einer oder zwei oder drei Wochen wieder sehen konnte; er würde nicht einmal heil von den Felsen herunterkommen, ohne sich sämtliche Knochen zu brechen. Ein Fressen für die Raben.

Vielleicht war das der richtige Zeitpunkt, um wieder mit dem Weinen zu beginnen. Wenn nicht jetzt, wann sonst? Hatte er nicht allen Grund dazu? Er war kein Krieger mehr, es wäre keine Schande gewesen, wenn man ihn heulend gefunden hätte.

Unwillkürlich fragte er sich, ob seine blicklosen Augen überhaupt noch Tränen zustande brachten.

Er straffte sich abrupt. Sein Selbstmitleid brachte ihn nicht weiter. Er mußte irgendwie hier herunterkommen, zurück auf festen Boden, wo nicht jeder Schritt sein Leben bedrohte.

Seine Finger fanden beim Umhertasten einen Schwertgriff. Beinahe hätte Hagen laut aufgelacht. Ein Schwert, in seiner Lage! Er nahm es und wollte es in einer Aufwallung von Haß (auf sich, auf die Welt) davonschleudern, als ihm einfiel, daß es ihm doch noch weiterhelfen mochte. Wie oft hatte er mitangesehen, wie Blinde sich ihren Weg mit Hilfe von Stöcken suchten. Wie ungemein passend, daß ihm nun zum selben Zweck ein Schwert dienen sollte. Ihm, der er sein Leben lang nichts anderes getan hatte, als das Leben anderer mit Schwertern auszulöschen.

Er hielt die Klinge weit vorgestreckt und klopfte mit der Spitze auf den Boden. Sie klirrte leise, wo sie auf Fels traf, schwieg, wenn sie gegen weitere Leichen stieß. Der Stein war an manchen Stellen feucht und rutschig, mehrfach verlor Hagen fast seinen Halt. Auf allen vieren kletterte er über reglose, verrenkte Körper, ohne sicher zu sein, ob es nicht immer wieder dieselben waren und er sich im Kreis bewegte. Aber, nein, das Gelände war leicht abschüssig, und irgendwann fand er auch den Pfad, dem er und die anderen gefolgt waren, geradewegs in die Falle ihrer Feinde; er erkannte ihn an der seichten Grasböschung, die ihn zu beiden Seiten begrenzte.

Hagen forschte in der Schwärze nach einem Hoffnungsschimmer – *Schimmer* im buchstäblichen Sinne –, doch da war nichts als absolute Dunkelheit. Unvermittelt wurde ihm klar, daß er nicht einmal wußte, ob es noch Tag oder schon tiefste Nacht war.

Er folgte dem Weg auf Händen und Knien, das Schwert weit vorgestreckt. Immer noch stieß er auf weitere Leichen. Obgleich er sie nicht zählte, war er doch sicher, daß es mehr waren als nur jene Männer, mit denen er die Felsen erklommen hatte. Die beiden Gruppen mußten sich gegenseitig aufgerieben haben. Die Erkenntnis verschaffte ihm keine Befriedigung, nicht einmal bittere Genugtuung. Er hatte ausreichend mit sich selbst zu tun, um nur einen Gedanken an den Sinn der Schlacht zu verschwenden, an Ziele, die nie seine eigenen gewesen waren. Er dachte wieder an das Angebot seines Bruders, und zum ersten Mal wünschte er sich, er hätte es angenommen. Jetzt war es zu spät dazu. Blind war er für niemanden mehr von Nutzen. Ein lästiger Krüppel, nur ein weiterer Bettler am Wegesrand. Er schwor sich, daß es soweit nicht mit ihm kommen würde. Niemals.

Gerade schob er sich über einen weiteren Leichnam, als eine helle Stimme sagte:

»Sie kommen.«

Hagen erstarrte in der Bewegung. Riß dann das Schwert hoch und hielt es aufrecht vor sein Gesicht.

Links von ihm ertönte ein leises Rascheln. Füße, die von irgendwoher auf den Boden sprangen, ganz leicht, wie auf Zehenspitzen.

»Nimm das Schwert herunter«, flüsterte die Stimme. »Du wirst uns noch beide damit verletzen.« Es war ein Mädchen, sehr jung.

»Wer bist du?« Es fiel ihm schwer, seine Panik zu unterdrücken. Er war hilflos, ausgeliefert. Einem *Kind*.

»Jemand, der dich retten will.« Sie sagte das sehr leise, sehr sanft. Hagen spürte, wie er zu dieser Stimme Vertrauen faßte. Früher hatte er niemandem vertraut. Früher: bis vor wenigen Momenten.

»Vor wem?« Seine Stimme klang nicht wie seine eigene. Schnarrend, krächzend. Elend.

Etwas berührte ihn an der Schulter, ganz leicht nur. Er zuckte zurück, fuchtelte mit dem Schwert.

»Laß das«, sagte das Mädchen erneut. »Ich will dir helfen.«

Ich brauche deine Hilfe nicht, wollte er entgegnen, aber das war so lächerlich, daß er die Worte verschluckte.

«Wer kommt?« fragte er statt dessen. »Du hast gesagt, jemand –«

»Deine Feinde«, fiel sie ihm ins Wort. »Sie kommen den Weg herauf und töten alle, die noch am Leben sind. Die Verletzten, die Erschöpften.« Sie legte ihm abermals die Hand auf die Schulter, und diesmal wehrte er sich nicht. »Die Blinden.«

Er horchte und erkannte, daß sie recht hatte. Aus der Ferne erklangen scharrende Schritte, leise Stimmen. Das Stöhnen von Sterbenden. Stahl, der auf Leiber einhieb.

»Wie nahe sind sie?«

»Viel zu nahe, um noch mehr Zeit mit Gerede zu vertun.«

Schmale, erstaunlich kräftige Hände packten ihn

unter den Achseln, halfen ihm beim Aufstehen. Er stützte sich auf das Schwert wie auf einen Krückstock.

»Komm!« Sie nahm ihn bei der Hand, zog ihn vorsichtig mit sich. Ihre Finger waren sehr dünn, sehr verletzlich. Hin und wieder zischte sie ihm eine Warnung zu; dann hob er die Füße, um nicht über Dinge zu stolpern, die sich ein ums andere Mal als Leichen erwiesen.

Sie hatten den Weg verlassen. Gelegentlich schlugen ihm Äste ins Gesicht, doch so lange sie seine Augen nicht berührten, vermied er jede Klage. Das Gelände führte hangaufwärts, sie stiegen also höher in die Berge. Er überlegte, ob er das Mädchen nach ihrem Ziel fragen sollte, nahm aber an, daß es besser sei zu schweigen, solange die Feinde in der Nähe waren.

Irgendwann – er hatte festgestellt, daß er mit seinem Augenlicht auch jedes Gefühl für die Zeit verloren hatte – hielt das Mädchen an. »Ich glaube, hier sind wir sicher.«

»Wo sind wir?«

»Weiter oben in den Felsen.« Er bemerkte zum ersten Mal, daß man eine Stimme *fühlen* konnte; ihre war wie Katzenpfoten, so unendlich leicht und sanft. »Zwischen uns und den Männern befindet sich ein Waldstück aus toten Bäumen. Wenn sie nicht gezielt nach dir suchen, werden sie uns nicht finden.«

»Sie werden nicht suchen. Sie kennen mich gar nicht.«

»Du bist ein Söldner.« Es war eine Feststellung, keine Frage.

»Na und?« Er wollte energisch klingen, vielleicht ein wenig zornig, aber der Versuch mißlang kläglich. »Manchmal Söldner, manchmal –«

»Sag nicht ›Ritter‹! Du bist keiner.« Sie kicherte leise, der Lage keineswegs angemessen.

»Nein«, erwiderte er knapp. »Kein Ritter.«

Sie zog wieder an seiner Hand. Mit einemmal ging es sanft bergab. Ihre Schritte auf trockenem Geröll klangen hohler, die Luft wurde muffig und abgestanden.

»Ist das eine Höhle?« Er hoffte inständig, sie würde nein sagen, denn seine Augen hatten keine Änderung der Lichtverhältnisse wahrgenommen. Schwarz blieb Schwarz blieb Schwarz ...

»Ja. Du kannst dich hier ausruhen.«

»Nur ich? Was ist mit dir?«

»Ich bin nicht erschöpft.«

Er gestand sich ein, daß er sich ausgebrannt fühlte, leer und nutzlos. Von seiner Blindheit ganz zu schweigen. Außerdem war er verwundet. Ja, Hagen war erschöpft, nicht nur von der Schlacht und ihren Folgen, auch von dem Marsch zur Höhle.

Das Mädchen war nicht einmal außer Atem.

Hagen hörte Stoff rascheln, dann half sie ihm,

sich auf den Boden zu setzen. Unter sich spürte er weiches Leinen.

»Was ist das?«

»Mein Mantel.« Die Richtung, aus der ihre Stimme kam, veränderte sich. Sie schien sich vor ihm niederzulassen. Wieder raschelte etwas. Es verwirrte ihn, daß er sie nicht sehen konnte. Es machte ihn zornig.

»Beschreib mir immer, was du tust«, fuhr er sie an, grob in seiner Hilflosigkeit.

Sie zögerte einen Augenblick, vielleicht beleidigt über seinen Ton, dann sagte sie leise: »Ich packe mein Bündel aus. Ich habe Kräuter und Salben für deine Verletzungen dabei, auch ein paar Verbände. Aber ich glaube nicht, daß sie reichen werden.«

Ihm wurde bewußt, daß ihm zwar der ganze Körper weh tat, er aber nicht ausmachen konnte, wo er wirkliche Wunden davongetragen hatte. Er hätte sich ausziehen und von oben bis unten betasten müssen, und das würde er vor den Augen des Mädchens ganz gewiß nicht tun.

»Zieh dich aus«, sagte sie im selben Moment.

Er schnaubte abweisend und schüttelte den Kopf; sogleich schmerzte sein ganzer Schädel. Womöglich war er schwerer verletzt, als er angenommen hatte.

»Wenn du es nicht tust, kann ich deine Wunden nicht behandeln.« Nun wirkte sie fast erheitert, spöttisch sogar. Ihm fiel auf, daß jedes ihrer Worte ein wenig wie Gesang klang, seltsam melodiös; es war fast, als müßte jeder ihrer Sätze mit einem Reim enden. »Wenn ich deine Wunden nicht behandeln kann, wirst du verbluten.«

Deshalb also fühlte er sich so schwach. »Gut«, sagte er widerwillig. »Du wirst mir helfen müssen.«

»Tue ich das nicht schon die ganze Zeit?« Ein Tonfall wie die Unschuld leibhaftig. Er stellte sich große, braune Augen vor, mochten die Götter wissen, weshalb. Er wünschte sich, er könnte erkennen, wie sie aussah. Ihr Gesicht, die feinen Hände. Ihre Lippen, über die die Worte mal spöttisch, mal sanftmütig drangen.

Als sie ihm half, das Kettenhemd und das naßkalte Wams vom Leib zu ziehen, die hohen Lederstiefel und die Beinkleider, sogar seine Handschuhe, da wurde ihm bewußt, wie sehr er auf ihre Hilfe angewiesen war.

»Ohne dich hätte ich es nicht geschafft«, gestand er, als er nackt vor ihr lag. Nackt auf ihrem Mantel.

»Das war doch nur Kleidung.« Sie bestrich eine Verletzung an seinem Oberschenkel mit etwas Kühlem, das wie feuchter Waldboden roch.

»Das meine ich nicht. Du hast mir das Leben gerettet.«

Darauf schwieg sie, fuhr stumm mit ihrer Behandlung fort. Wortlos ließ er alles geschehen, was sie mit ihm tat. Sie bedeckte ein gutes Dutzend Wunden mit ihrer Salbe, einige bandagierte sie.

»Was ist mit meinen Augen?« fragte er schließlich, nachdem sie sich um alles andere gekümmert hatte.

»Willst du eine ehrliche Antwort?«

Seine Faust schoß vor, bekam durch einen Zufall ihr Handgelenk zu packen; gut, dadurch sah er nicht allzu hilflos aus. »Sag mir, was mit meinen Augen passiert ist!«

»Das linke wird blind bleiben, es ist so rot wie ein Herbstapfel.«

»Und das rechte?« fragte er mit schwankender Stimme.

»Nicht so blutunterlaufen wie das linke. Wenn du Glück hast, wirst du in ein paar Tagen oder Wochen wieder damit sehen können.«

Er schloß die Lider, als würde das irgend etwas zur Heilung beitragen. »Das linke, also...«

»Bleibt blind.« Ihre Traurigkeit klang aufrichtig.

Er bemerkte, daß er immer noch ihr Handgelenk festhielt, und ließ es schlagartig los, als hätte er sich daran die Finger verbrannt. Statt dessen tastete seine Hand vorsichtig nach ihrem Gesicht. Sie schien ihm auszuweichen, denn seine Finger fühlten ins Leere.

Draußen vor der Höhle erklang das heisere Krächzen von Raben. Anscheinend waren sie doch nicht so weit von den Leichen entfernt, wie er geglaubt hatte. Merkwürdig, nach solch einem Marsch.

»Wie siehst du aus?« fragte er leise.

Ganz sanft und fast noch melodiöser als zuvor erwiderte sie: »So wie du es wünschst.«

Das verwirrte ihn nur noch mehr. »Warum hilfst du mir?«

»Damit du mir hilfst.«

»Ich?« Häme kroch in seine Stimme. »Wie sollte ich irgendwem helfen können? Ich bin ein Krüppel, zu nichts mehr nütze als zum Flennen und Betteln und –«

»Das ist nicht wahr«, unterbrach sie ihn sanft. Und wiederholte noch einmal, viel, viel leiser: »Nicht wahr.«

Einen Moment lang wurde er unsicher, ein ungewohntes Gefühl. »Wobei könnte ich dir schon helfen?«

Er spürte, wie sich ihre Lippen an sein Ohr senkten. »Später«, wisperte sie. Er fühlte die Wärme ihres Atems, aber als er die Hand hob, um ihre Wange zu berühren, da war sie abermals verschwunden.

»Schlaf jetzt«, säuselte sie, so, wie Mütter es zu ihren Kindern sagen.

Er hörte am Rascheln ihrer Kleidung, daß sie sich zurückzog und in ein paar Schritten Entfernung niederlegte.

»Eins noch«, fragte er, als ihn bleierne Müdigkeit überkam. »Wie ist dein Name?« Es war plötzlich so schwer, die richtigen Worte zu formen.

»Mein Name?«

Diese Trauer in ihrer Stimme – warum nur?

»Mein Name«, sagte sie noch einmal, und diesmal war es keine Frage.

Hagen schlief ein, sein Bewußtsein glitt langsam davon. Trotzdem hörte er ihre Stimme.

Das Mädchen sagte: »Nimmermehr.«

Etwas war anders, als er erwachte. Er vermochte nicht genau zu bestimmen, was es war, aber er spürte es deutlich.

Sie war anders. Gelöster, fast fröhlich.

»Gut geschlafen?« fragte sie. Es roch nach aufgebrühten Pflanzen, und es war warm in der Höhle.

»Ich koche Kräutersud«, erklärte sie.

Hagen schlug die Augen auf. Sah nichts als Finsternis. Ein Alptraum?

Diese Schwärze! Diese tiefe, bodenlose Schwärze! Ihm war, als stiege etwas daraus empor, wie aus einem Abgrund; irgend etwas kam ihm aus der Tiefe entgegen, brachte die Erinnerung an etwas anderes mit sich, das genauso zu ihm aufgestiegen war, vor langen, langen Jahren...

Hagen riß den Mund auf und schrie, schlug um sich, schrie noch lauter, gellender...

Eine zarte Hand schnellte aus dem Nichts heran und schlug ihm mit aller Kraft ins Gesicht.

Er verstummte. Sammelte sich. Ganz allmählich kehrte seine Ruhe zurück, und mit ihr die Vernunft.

Er war wach, und Nimmermehr war bei ihm.

»Geht es?« Ihre Stimme war voller Sorge.

Er suchte nach Worten, doch alle, die er fand, waren: »Ja, ich glaube.«

»Ich bringe dir den Kräutersud. Er wird dir guttun.«

Er fürchtete, sie könnte fortgehen, könnte ihn zurücklassen. Allein, gefangen im Abgrund seiner Blindheit. Im Angesicht einer lichtlosen Tiefe, in der irgend etwas lauerte.

»Geh nicht fort!« Es war, als riefe seine Stimme ohne sein Zutun.

»Ich gehe nicht fort. Ich verspreche es dir.«

Sie kehrte zurück und stellte etwas mit blechernem Scheppern auf dem Felsboden ab. Ein Topf. Der Dampf, der ihm daraus entgegenschlug, war so heiß, daß er ihm den Atem nahm.

Nachdem sie ihm etwas davon eingeflößt hatte, ging es ihm bald ein wenig besser. Sein Körper erwärmte sich, und Nimmermehr half ihm, sich aus ihrem Mantel zu wickeln und seine Kleidung überzustreifen. Er wollte auf das Kettenhemd verzichten, doch sie bestand darauf.

»Warum?« fragte er matt. »Wer mich erschlagen will, wird sich durch ein Kettenhemd nicht abschrecken lassen.«

»Du könntest ein wenig mehr Selbstvertrauen zeigen«, wies sie ihn zurecht. »Wenn du deinen Helm trägst, wird niemand merken, daß du blind bist.«

Er lachte auf, ein verbitterter, böser Laut. »Bis ich über den erstbesten Stein stolpere, meinst du.«

»Du wirst nicht stolpern. Du wirst reiten.«

»Reiten? Auf deinen Schultern?«

»Laß deine Wut nicht an mir aus, Hagen von Tronje«, gab sie erbost zurück und seufzte. »Wir werden natürlich auf einem Pferd reiten.«

Das machte ihn stutzig. Er hatte geglaubt, seine Ohren seien gut genug, um zu bemerken, wenn ein Pferd in der Nähe war. Das Schnauben, das Klappern der Hufe...

Doch da war noch etwas, das ihn alarmierte:

»Woher kennst du meinen Namen?«

Sie schwieg einen Augenblick, womöglich, weil sie erkannt hatte, daß sie zuviel preisgegeben hatte.

Dann aber sagte sie nur leise: »Das Pferd steht draußen vor der Höhle.« Kleiderrascheln verriet, daß sie aufstand.

»Nimmermehr!« fuhr er auf. Es war eigenartig, diesen Namen auszusprechen. »Woher weißt du, wie ich heiße? Wir haben nie darüber gesprochen.«

Sie klang weit entfernt, als sie sagte: »Du hast im Schlaf geredet.«

»Ist das wahr?«

»Warum sollte ich dich belügen?«

Er hörte am schwindenden Hall ihrer Schritte, daß sie die Höhle verlassen hatte. Wenig später kehrte sie zurück, und aus der Ferne erklangen genau jene Laute, die er eben noch vermißt hatte: das Schnauben eines Roßes, der harte Schlag seiner Hufe auf Stein. Im Hintergrund kreischten die Raben.

Mit einemmal war das Mädchen wieder neben ihm und ergriff seine Hand. »Komm mit.«

»Wohin reiten wir?« Er fühlte sich wie ein Greis, so abhängig war er von ihrem Wohlwollen – sogar, was die Aufrichtigkeit ihrer Antworten anging.

»Ich erklär's dir, wenn wir von hier fort sind.«

Stolpernd folgte er ihr über die Geröllhalde, die vom Grund der Höhle hinauf zum Ausgang führte. »Warum die plötzliche Eile?«

»Die Gegend ist immer noch voller Krieger. Wenn wir hierbleiben, werden sie uns finden.«

Es gab wenig, das er dem entgegensetzen konnte. Wieder mußte er ihr einfach glauben.

Es war kälter geworden, als sie ins Freie traten. Der Vortag und sogar die Nacht waren einigermaßen warm gewesen. Jetzt aber drang die Luft beim Atemholen empfindlich kühl in Hals und Nase.

Das Pferd war groß; das spürte er, als er seinen Rücken berührte, ein hohes, kräftiges Tier.

»Ein Schlachtroß?« fragte er. Es hatte einen einfachen Sattel ohne Verzierungen, doch an der Seite hingen Gurte für Schwertscheide und andere Waffen.

»Kann sein«, erwiderte sie nur. »Ich habe ihn schon länger.«

»Woher hast du ihn?«

»Es ist mir zugelaufen, genau wie du. Und ich kenne auch seinen Namen.« Sie kicherte; es klang hell und ehrlich. »Er heißt Paladin.«

Zugelaufen? Das Streitroß eines Kriegers? Noch eine Merkwürdigkeit. Aber er gestand sich ein, daß alles, was ihm an Nimmermehr seltsam vorkam, ebensogut eine Folge von Zufällen sein mochte. Zudem, so sagte er sich, sorgte seine Blindheit dafür, daß er sich über Kleinigkeiten viel mehr Gedanken machte als früher. Er würde sich noch zum Grübler entwickeln.

»Woher kennst du seinen Namen?« fragte er, dennoch ein wenig mißtrauisch.

Nimmermehr lachte auf. »Ich habe ihn ihm gegeben, Dummkopf.«

Sie sagte das so freundlich, daß er ihr nicht böse sein konnte. Hagen der Dummkopf – vielleicht war es ja genau das, was sie aus ihm gemacht hatte; nein, er war ungerecht. Die Blindheit hatte ihm das angetan, nicht das Mädchen.

»Warte, ich helfe dir in den Sattel.«

Unwirsch lehnte er ab. »Das kann ich allein.«

Sofort zog sie ihre Hände zurück und ließ ihm seinen Willen. Hagen ertastete den Sattelknauf und zog sich nach oben. Er spürte, wie einige der kleineren Wunden abermals weh taten, wahrscheinlich sogar aufbrachen, doch der Triumph, wenigstens diese Hürde ohne Hilfe bewältigt zu haben, machte den Schmerz bedeutungslos.

Nimmermehr knotete ihr Bündel am Sattel fest und reichte ihm seinen Helm: »Setz ihn auf.« Dann, ehe er sich versah, saß sie hinter ihm, legte die Arme um seinen Oberkörper und schmiegte sich eng an seinen Rücken.

»Und nun?« Das Gefühl, wieder im Sattel zu sitzen, festigte ihn ein wenig.

»Gib mir die Zügel«, sagte sie.

Er tastete nach dem Lederband und drückte es ihr widerwillig in die Hände. Es gefiel ihm nicht, daß sie den Hengst lenken würde, aber sie hatte natürlich recht; er allein hätte sich nur auf den Instinkt des

Tieres verlassen können, um nicht samt Pferd und Mädchen in der nächstbesten Felsspalte zu verschwinden.

Das Tier – Paladin hatte sie es genannt – setzte sich in Bewegung. Loses Geröll prasselte unter seinen Hufen talwärts. Sie waren noch lange nicht in Sicherheit.

Der Ritt ging bergauf. Nimmermehr sagte, sie wolle den Abstieg erst auf der anderen Seite der Berge wagen. Wenn Hagens Orientierungssinn ihn nicht im Stich ließ, dann lag irgendwo dort drüben der Rhein, gar nicht weit von hier. Der Gedanke erfüllte ihn mit dumpfer Panik, aber nur einen Augenblick lang.

»Was habe ich heute nacht noch gesagt?« fragte er unvermittelt.

»Oh, nicht viel«, versicherte sie ihm, eine Spur zu schnell. Wieder überkam ihn Argwohn. Doch dann sagte sie etwas, das sie tatsächlich nur von ihm selbst erfahren haben konnte: »Du hast von deinem Bruder gesprochen, von Dankwart, und davon, daß du zu ihm willst, nach Worms.«

Niemand konnte von Dankwarts Angebot wissen, ihm in die Stadt des Königs zu folgen und sich am Hof zu verdingen, niemand außer Hagen und Dankwart selbst. Hagen hatte es damals abgelehnt, aber seit einigen Monden schon trieb ihn das Schicksal immer näher zum Königshof, als wollte es dafür sorgen, daß er doch noch die richtige Entscheidung traf. Dankwart war Stallmeister des Königs, und er hatte Hagen versichert, auch für ihn eine angemessene Stellung zu finden. Doch welche Stellung war schon einem Söldner angemessen, einem Mann, der freiwillig auf die Ritterwürde verzichtet hatte?

Nimmermehr hatte beide Arme fest um seine Seiten gelegt, damit sie die Zügel besser fassen konnte. Ihre Ellbogen rieben an seinem Kettenhemd. Das mußte weh tun, aber sie erduldete es stumm.

Nach einer Weile erreichten sie ebenen Grund, wahrscheinlich eine Hochebene weit oben in den Bergen. Paladin schnaubte wie ein Mensch, der einen schweren Aufstieg hinter sich gebracht hatte.

»Wobei soll ich dir helfen?« fragte Hagen endlich, als das Mädchen keinerlei Anstalten machte, von sich aus die Sprache darauf zu bringen.

»Ich suche etwas«, erwiderte sie leise, fast als schäme sie sich dafür.

Hagen lachte grimmig auf. »Hoffentlich ist es groß genug, daß ich es bemerke, wenn ich dagegenlaufe.«

»Aber ja doch.« Ohne auf seinen sarkastischen Tonfall einzugehen, nahm sie eine Hand vom Zügel und legte sie auf seinen Oberschenkel, ganz unschuldig, wie er annahm. »Vielleicht kannst du auf dem rechten Auge wieder sehen, bis wir es gefunden haben.«

»Was ist es denn?«

Sie zögerte einen Augenblick, dann sagte sie: »Das Herbsthaus.«

»Herbsthaus?« Er überlegte, ob und wann er diesen Begriff schon einmal gehört hatte. »Was ist das?« fragte er schließlich.

»Ein...« Sie lachte plötzlich. »...nun, ein Haus. Ich weiß nicht, wo es steht, aber ich werde es wissen, wenn wir in seiner Nähe sind.«

Sie war ein wenig verdreht im Kopf, kein Zweifel. Vielleicht nicht völlig verrückt, wenn auch alles andere als *gewöhnlich*. Blieb jedoch die Tatsache, daß sie sein Leben gerettet hatte.

»Wie soll ich dir dabei helfen?« wollte er wissen.

»Du mußt mich beschützen.« Sie erklärte eilig, was sie damit meinte, bevor er abermals auf seine Blindheit anspielen konnte: »So lange sich uns niemand direkt entgegenstellt, wird keiner bemerken, daß du nichts sehen kannst. Jeder wird glauben, ich sei in der Begleitung eines mächtigen Kriegers. Wenn du auch kein Ritter bist, so siehst du doch wenigstens aus wie einer.«

»Vielen Dank«, brummte er dumpf unter seinem Helm.

»Das ist mein Ernst. Keiner wird bemerken, daß

ich es bin, die das Pferd lenkt. Alle werden glauben, daß ich hinter dir sitze, weil ich unter deinem Schutz stehe.«

Er fand das reichlich albern, widersprach aber nicht. »Denkst du dabei an jemanden, den du kennst?«

Es war nur ein Verdacht gewesen, aber er traf genau ins Schwarze.

Sie klang merklich kleinlaut, als sie antwortete: »Es gibt da jemanden . . . Er verfolgt mich.«

»Wer? Und viel wichtiger: Warum?«

»Sein Name ist Morten von Gotenburg.«

»Ein verflossener Liebhaber?«

»Nein.« Sie machte eine lange Pause, bis Hagen schon glaubte, sie wolle gar nichts mehr sagen. Die Erinnerung an den Mann schien ihr weh zu tun. Schließlich aber fuhr sie fort: »Er ist Magier.«

»Magier?« entfuhr es Hagen belustigt. »Ein Kerl mit spitzem Hut und bunten Pulvern, die zischen, wenn man sie anzündet?« Er traute sich zu, eine solche Gestalt sogar blind zu bezwingen.

Ihr Kinn stieß an seinen Rücken, als sie den Kopf schüttelte. »Er nennt sich nicht selbst so. Andere haben ihn einen Magier geschimpft, einen Hexer, Teufelsanbeter – und Schlimmeres.«

»Was will er von dir?«

»Mich vernichten.« Das war es tatsächlich, was sie sagte: vernichten, nicht töten.

»Aus welchem Grund?«

»Morten braucht keinen Grund, um etwas zu tun.« Das klang wenig überzeugend, und sie bemerkte es selbst, denn gleich darauf fügte sie hinzu: »Zumindest sind es Gründe, die niemand sonst versteht.«

Hagen schnaubte. »Hör zu, Mädchen. Wenn ich für dich kämpfen soll, dann mußt du –«

Sie schnitt ihm mit spitzer Zunge das Wort ab: »Du sollst nicht für mich kämpfen. Du kannst gar nicht kämpfen, Hagen von Tronje – schon vergessen? Ich will nur, daß du mit mir gesehen wirst. Deine Anwesenheit allein –«

Er riß ihr grob die Zügel aus der Hand und brachte abrupt das Pferd zum Stehen. Der Hengst gehorchte mit widerwilligem Schnauben. Obwohl Hagen nur Schwärze sah, fuhr er im Sattel herum.

»Wenn dir daran liegt mich zu demütigen, können wir unsere Reise hier und jetzt beenden.« Er sprach leise, mit gefährlicher Eindringlichkeit.

Sie preßte ihren Oberkörper enger an seinen Rücken, doch durch das Kettenhemd fühlte er sie kaum. Vielleicht war sie noch jünger, als er angenommen hatte. Oder einfach nur mager.

»Du mußt bei mir bleiben.« Ihre Stimme hatte einen flehenden Unterton bekommen, der Hagen noch weniger gefiel als ihre herausfordernde Keßheit; er erinnerte Hagen daran, daß er in ihrer

Schuld stand. »Es genügt, wenn man sieht, daß du bei mir bist«, fuhr sie fort. »Kein Wegelagerer wird sich heranwagen, und damit ist schon viel gewonnen. Du kannst dir nicht vorstellen, was ich auf meiner Reise alles erdulden mußte. Immer auf der Flucht, wenn nicht vor Morten, dann vor Kerlen, die glaubten, ich sei Freiwild für ihre Begierde. Du mußt mir helfen, Hagen.«

Er zögerte einen Moment, dann gab er ihr die Zügel zurück. »Ja«, sagte er nur.

Sein Grimm war keineswegs verflogen, aber seine Ehre gestattete keine andere Entscheidung. Und noch war seine Dankbarkeit ihr gegenüber mehr als eine lästige Pflicht. Er konnte nicht abstreiten, daß er sie mochte.

»Wie alt bist du?« fragte er, als sie weiterritten. Er hoffte, sie würde es nicht falsch verstehen.

»Älter als du denkst.«

»Was für eine Antwort ist *das*?«

»Eine ehrliche.« Sie kicherte spielerisch. »Aber um die ganze Wahrheit zu sagen, so genau weiß ich mein Alter gar nicht.«

»Wer waren deine Eltern? Wo bist du aufgewachsen?«

Es wurde allmählich zur schlechten Angewohnheit, daß sie eine kleine Ewigkeit schwieg, bevor sie sich zu einer Erwiderung auf seine Fragen durchrang. Lange ritten sie wortlos dahin, und Hagen lauschte auf den ruhigen Trab des Pferdes. Sie mußten sich wieder auf grasbewachsenem Boden befinden, denn die Hufschläge klangen gedämpfter, nicht mehr so hart wie auf Stein. Ein scharfer Wind pfiff über das Bergland. Ein Rascheln von Blättern war nirgends zu vernehmen, so daß Hagen vermutete, daß es hier keine Bäume gab.

Er nahm sich vor, Nimmermehr zu bitten, ihm das Gelände zu jeder Zeit zu beschreiben – auch um etwaigen Hinterhalten zu entgehen.

Bevor er aber den Gedanken aussprechen konnte, sagte sie unvermittelt: »Meine Eltern sind tot. Und tot ist auch der Ort, an dem sie lebten.«

Er sagte nicht, daß es ihm leid tat. »Ich dachte schon, du seist vom Pferd gefallen. Ich hab dich gar nicht mehr gehört.«

»Ich schlage dir einen Handel vor«, sagte sie.

»Ich glaube nicht, daß ich viel für einen Handel übrig habe, den du mir vorschlagen könntest.« Sein linkes Auge begann wieder zu schmerzen. »So, wie ich es sehe, ist noch nicht einmal unser erster Handel beendet.«

»Wie meinst du das?«

»Du hast mir das Leben gerettet, damit ich in deiner Schuld stehe. Sie ist noch nicht abgetragen. Ist das etwa kein Handel?«

Sie widersprach nicht, obgleich er das erwartet hatte. Das kleine Biest war aufrichtig – wenigstens in diesem Punkt. »Ich meine nicht diese Art von Geschäft«, sagte sie. »Es ist viel einfacher. Wir werden nur reden.«

»Das tun wir doch längst.« Der Drang, sein schmerzendes Auge zu massieren, wurde übermächtig, aber der Helm war im Weg. »Ich rede zuviel und du zuwenig.«

Sie lachte leise. »Hör zu: Du erzählst mir ein Geheimnis aus deiner Vergangenheit, und dafür wirst du eines von mir erfahren.«

»Wer sagt dir denn, daß mir überhaupt der Sinn nach deinen Geheimnissen steht?«

Sie ließ das Pferd langsamer laufen, wahrscheinlich wurde das Gelände wieder schwieriger. »Wir können uns auch anschweigen, bis dein Auge besser wird. Wenn dir das lieber ist ... «

Er seufzte schwer. Hoffte, das würde ihr zeigen, daß er sich nur auf ihren Vorschlag einließ, um ihr einen Gefallen zu tun. »Einverstanden. Erzähl mir dein Geheimnis.«

»Du fängst an«, widersprach sie.

»Warum ich?«

»Weil mein Geheimnis das Aufregendere ist.«

Er überlegte, ob er sich wirklich auf dieses Kinderspiel einlassen sollte. Sicher, er hätte ihr einfach irgendeine Lüge auftischen können, aber er dachte sich, daß sie das nicht verdient hatte.

Sie hat dir das Leben gerettet, wiederholte eine

lästige Stimme in seinem Kopf, immer wieder und wieder: dein Leben gerettet.

»Was willst du hören?« preßte er schließlich hervor.

»Die Wahrheit.« Sie schien genau zu wissen, was in seinem Inneren vor sich ging.

»Unter einer Bedingung«, verlangte er. »Du wirst mich nicht unterbrechen und keine Fragen stellen, die über das hinausgehen, was ich dir erzähle.«

»Mein Ehrenwort«, sagte sie.

»Vorher will ich ganz genau wissen, durch was für eine Landschaft wir reiten. Und sobald sich etwas daran ändert, muß ich es erfahren.«

»Ich dachte, ich soll dich nicht unterbrechen«, bemerkte sie spöttisch. Dann schien sie sich umzuschauen, denn es dauerte eine Weile, ehe sie fortfuhr: »Über den Boden kriechen Eidechsen. Sie sind ziemlich klein und gelb und haben schwarze Punkte. Sie verstecken sich in kleinen Erdspalten, wenn wir vorbeireiten, und ihre Krallen auf den Steinen machen lustige Geräusche. Die Ränder der Spalten sind dunkelbraun, aber ihr Inneres ist schwarz und –«

»Ich wollte es nicht *so* genau wissen.«

Nimmermehr kicherte, ganz das junge Mädchen. »Wir reiten durch ein Talkessel, oben in den Bergen. Alles ziemlich felsig und zerklüftet, kaum Bäume, nur Heidekraut und Steine, dazwischen Büsche mit langen Dornen; ich weiß nicht, wie sie heißen. Es ist bald Mittag, die Sonne steht schon hoch am Himmel. Von Süden ziehen dunkle Wolken auf, kann sein, daß es am Nachmittag regnen wird.« Sie stockte, holte tief Luft und fragte dann: »Recht so?«

Als Hagen nickte, klirrte sein Helmrand auf das Kettengewebe seines Rüstzeugs. Nimmermehr lachte abermals, sagte aber nichts mehr. Sie schien mit einemmal in alberner Stimmung zu sein, als freue sie sich über irgend etwas.

»Was ist los?« fragte Hagen mürrisch. »Irgendwas, das ich wissen sollte?«

»Ich bin gespannt auf dein Geheimnis.« Sprach's und kicherte erneut.

»Es ist nicht besonders erheiternd«, zischte er böse.

Sie räusperte sich und wurde ernst. »Verzeih mir.«

Hagen zögerte ein letztes Mal, dann sagte er sich erneut, fast beschwörend, daß es nichts ausmachte, wenn er ihr die Wahrheit sagte. Sollte sie es sich anhören und selbst entscheiden, was davon zu halten war. Sie war der erste Mensch, dem er davon erzählte; nicht einmal Dankwart kannte die ganze Geschichte.

Hagen holte tief Luft, begann.

Er erzählte ihr von der Nacht, als in der Burg seiner Ahnen ein großes Fest begangen wurde. Er und sein Bruder waren vor dem Trubel geflohen und hatten vor den Toren herumgetollt. Nach wochenlangem Regen und der Schneeschmelze im Gebirge war ein verheerendes Hochwasser über die Länder am Fluß hereingebrochen, und die Kinder hatten es als besonderes Wagnis angesehen, sich dem verbotenen Ufer zu nähern.

Hagen berichtete Nimmermehr von dem angetriebenen Wrack, von seinem Plan, hineinzuklettern, und schließlich von seiner Irrfahrt den Strom hinab. Er sprach auch, stockend, von seiner Kletterpartie in den leeren Rumpf und dem unheimlichen Tannenzirkel, dessen Wipfel das Wrack aufgehalten hatten. Er beschrieb ihr das goldene Geschmeide in den Ästen, den Reiz, den es auf einen kleinen Jungen ausgeübt hatte, die unbändige Freude, als es ihm gelungen war, den Schatz für sich zu gewinnen.

Dann aber verfiel er in Schweigen.

Nimmermehr rutschte ungeduldig auf dem Pferderücken umher, wagte aber nicht, ihre Vereinbarung zu brechen: keine Fragen, bevor die Erzählung nicht zu Ende war.

Es dauerte lange, ehe Hagen sich überwandt, seinen Bericht fortzuführen. Der eisige Wind, der den Talkessel peitschte, kroch durch die Eisenmaschen seines Kettenhemdes, durch sein ledernes Wams bis zur Haut. Er fror plötzlich erbärmlich, und die Finsternis vor seinen Augen gewann an neuerlicher Tiefe. Seine Blindheit wurde wieder zum Abgrund, schwarz und hungrig und bodenlos.

Und während er sprach, glaubte er erneut zu spüren, wie etwas daraus zu ihm emporblickte, wie es langsam begann, zu ihm aufzusteigen, ohne Beine, ohne Augen, die Kehrseite seiner Seele.

Oder, viel schlimmer noch: die Seele selbst.

Kapitel 2

»Hagen!« rief eine Stimme. Sein Name. Der Junge schlug die Augen auf, blickte in ein Rund von Gesichtern.

Sein Bruder Dankwart war unter ihnen, aber nur klein, ganz am Rand. Da war sein Vater, grimmig und mit aufgerissenem Mund; er war es, der gerufen hatte, und so wie es aussah, nicht zum ersten Mal. Seine Mutter stand auch dabei, verschlossen wie immer, mit grauem, unglücklichem Gesicht. Der Burgpfaffe Viggo, schmal und faltig, einer, den niemand ernstnahm. Daneben ein weiterer Mann, Bärbart, der sich auf Arzneien verstand, halb Wunderheiler, halb Gelehrter. Und natürlich Tilda, die Amme der beiden Brüder.

»Hagen!« grollte Adalmar von Tronje erneut, und als er sah, daß sein Sohn ihn hörte, tastete sich ein rauhes Lächeln auf sein Gesicht.

Nachdem die erste Aufregung über Hagens Erwachen abgeklungen, das Ritual des gegenseitigen Schulterklopfens vollzogen und das Lobpreisen der Tronjeschen Zähigkeit vorüber war, durfte Hagen sich im Bett aufsetzen. Tilda, die Amme, sorgte dafür, daß sich ihr Schützling dabei nicht mehr als unbedingt nötig bewegte.

Pfaffe, Medicus und Hagens Mutter wurden aus dem Zimmer gewiesen, Tilda folgte unter leisem Widerspruch nach. Zurück blieben Graf Adalmar und seine Söhne.

»Bärbart hat einen Baum für dich bereitet«, knurrte der Graf.

Hagen erbleichte. Er wußte, was die Worte seines Vaters zu bedeuten hatten. Sie machten ihm angst.

»Ich will vorerst auf eine Strafe verzichten«, fuhr Adalmar fort, in einem ganz und gar unerhörten Anflug von Großmut. »Sechs Tage hast du dagelegen wie ein besoffener Bauernknecht, das ist wohl erst einmal Züchtigung genug.« Er grummelte etwas vor sich hin, das keiner seiner beiden Söhne verstand, dann sagte er: «*Wärest* du wenigstens betrunken gewesen, ich könnte verstehen, was geschehen ist. Alle könnten das. Aber so? Ein wenig Wasser geschluckt, erschöpft natürlich – doch sechs Tage Bewußtlosigkeit? Keiner kann das begreifen. Entweder man ersäuft, oder man ersäuft nicht. Aber so etwas...» Er schüttelte verständnislos den Kopf.

Nun hatte weder Adalmar von Tronje noch einer seines Hofstaates, sogar der kluge Bärbart, allzuviel Ahnung von Belangen der Gesundheit, die über Jagdunfälle und das ein oder andere Fieber hinausgingen. Doch eine Ohnmacht von sechs Tagen, ohne daran zu sterben, das war allerdings ungewöhnlich. Hagen hatte fast den Eindruck, allen wäre es lieber gewesen, er wäre gar nicht mehr erwacht – wenigstens wäre dann alles mit rechten und bekannten Dingen zugegangen.

»Ich...« brachte er schwerfällig hervor, als müßte er erst wieder das Sprechen erlernen. »Ich... kann mich nicht erinnern.«

»Erinnern?« fuhr Adalmar auf. »Dankwart hat mir alles erzählt. Ihr wart am Wasser, und eine Welle hat dich hineingerissen. Dankwart hat ein Pferd aus dem Stall geholt und ist der Strömung nachgeritten. Irgendwann hat er dich angeschwemmt am Ufer gefunden und nach Hause gebracht.« Er wandte sich an Hagens Bruder und hob eine buschige Augenbraue. »War es nicht so?«

»Genau so«, bestätigte Dankwart, ohne eine Miene zu verziehen.

Hagen schluckte. »Ja, ich glaube, jetzt fällt es mir wieder ein«

Die Wahrheit war, er erinnerte sich an nahezu alles – bis zu dem Moment, da das Wasser unter ihm zu gefrieren schien. Was dann geschehen war, blieb ihm rätselhaft. Er wußte noch, daß da etwas gewesen war, doch der Gedanke an die unvorstellbare Kälte des Flusses ließ ihn so sehr frösteln, daß er die Vorstellung eilig verdrängte. Aber war es wirklich die Erinnerung an das Wasser, die ihn zittern ließ? Oder war da –

»Der Baum kann warten«, unterbrach Adalmar Hagens Gedankenfluß. Er wuchtete seinen Leib vom Stuhl und trat zur Kammertür. »Ruh dich noch ein wenig aus. Heute abend ist Zeit genug für Bärbarts Wunder.«

Damit verließ er den Raum und zog die Tür hinter sich zu. Die Brüder lauschten seinen schweren Schritten, die sich langsam den Gang hinab entfernten. Erst als Hagen sicher war, daß sein Vater sie nicht mehr hören konnte, ließ er seine Hand vorschnellen und packte Dankwarts Unterarm.

»Wo ist das Gold?« Seine Stimme klang jetzt viel fester und entschlossener als noch vor wenigen Augenblicken.

Dankwart blickte erstaunt auf die blutleeren Furchen, die Hagens Finger in seinen Arm preßten. Dann schaute er seinem Bruder in die Augen. »Welches Gold?«

Hagen starrte zurück, bis beide den Blick des anderen nicht mehr ertragen konnten und sich gleichzeitig abwandten – ein Spiel, das sie den Erwachsenen abgeschaut hatten. »Ich hatte Gold bei mir, als ich im Wasser schwamm. Viel Gold.«

»Von dem Boot?« Dankwarts Stirn glänzte vor Aufregung. Er sah aus, als hoffte er ein spannendes Abenteuer zu hören, schien überhaupt nicht zu begreifen, wie ernst es seinem jüngeren Bruder war.

Hagen überlegte noch einen Moment, dann schob er den Gedanken an den Schatz für eine Weile beiseite und fragte statt dessen: »Hast du mich wirklich am Ufer gefunden?«

»Sicher. Die Strömung hat dich angeschwemmt. Du hast entsetzliches Glück gehabt.«

Ja, dachte Hagen, das habe ich wohl. »War das Wrack noch in der Nähe?«

»Ich habe es nicht mehr gesehen.«

»Auch keine Teile? Irgendwelche Planken oder Bretter?«

»Nichts.«

»Es war wirklich fort?«

Dankwart wurde ungehalten. »Verdammt, das habe ich doch gerade gesagt! Weshalb liegt dir soviel daran? Und von was für Gold hast du eben gefaselt?«

»Nur ein ... ein Fiebertraum«, stammelte Hagen und wußte sofort, daß Dankwart ihm kein Wort glauben würde.

»Sag mir die Wahrheit!« Dankwart spielte die Rolle des großen Bruders selten, sie lag ihm nicht besonders, denn Hagen war genauso hochgewachsen wie er und sogar um einiges stärker. Lediglich in Vernunftsdingen war Dankwart ihm voraus.

Hagen spürte, wie ihm das Blut ins Gesicht schoß. Er wünschte sich, sein Bruder würde endlich verschwinden. »Ich weiß nicht«, gestand er tonlos, »vielleicht war es wirklich ein Traum.« Und dann erzählte er Dankwart widerwillig alles, was geschehen war. Vom Kreis der fünf Tannen, vom Schatz in ihren Wipfeln. Mit jedem Bruchstück der Ereignisse, das er preisgab, kehrte ein wenig Kraft in seinen Körper zurück. Sein Schweigen war schlimmer gewesen als jede Krankheit, das spürte er jetzt. Selbst das heftige Niesen, das ihn in kurzen Abständen überkam, wurde erträglicher.

Eines aber ließ er trotz allem in seiner Erzählung aus: die plötzliche Kälte, die aus der Tiefe des Flusses aufgestiegen war. Er stellte sie sich immer noch vor wie einen Riesenfisch aus Eis, der mit aufgerissenem Rachen und Zähnen aus Kristall vom Grund des Stroms zu ihm emporschoß.

So beendete er seinen Bericht damit, daß er das Bewußtsein verloren hatte und sich an nichts weiter erinnern konnte. Genaugenommen war das sogar die Wahrheit.

Dankwart sah ihn eindringlich an, mit kunstvoller Ernsthaftigkeit, die die Sorge eines Mannes nachahmte. »Am besten vergißt du das alles. Das Gold ist fort, und du bist am Leben. Du solltest dankbar sein.« Er grinste bemüht. »Ich jedenfalls bin es, sonst hätte Vater mir wohl den Kopf abgerissen.«

Wenn ich herausfinde, daß du das Gold gestohlen hast, werde ich das höchstpersönlich übernehmen, dachte Hagen. Aber er sagte nur matt: »Ich will jetzt schlafen.«

Dankwart nickte verständnisvoll. In seinen Augen war nach wie vor Sorge, aber sie schien nicht mehr allein Hagens Befinden zu gelten. »Ich werde Bärbart bitten, den Baum erst für heute abend fertigzumachen. Er wird das verstehen.«

»Danke«, sagte Hagen und schloß die Augen.

❦

Tatsächlich war es nicht der Gestank, der ihm das größte Unbehagen bereitete, aber er war fraglos das erste, was Hagen wahrnahm, als man ihn auf einer Trage vom Burgtor zum Baum schleppte. Ein widerlicher Geruch nach Schmutz und Abfall, durchmischt mit dem Fäulnisodem toter Fische. Warum hatte Hagen ihn nicht bemerkt, als er mit Dankwart am Ufer gespielt hatte?

»Es riecht erst seit ein paar Tagen so«, sagte Tilda, die an der Seite der Trage ging und ihn mit sorgenvollen Blicken bedachte. An seinem Naserümpfen hatte sie erkannt, welche Gedanken er hegte. »Die Alten sagen, es ist der Fluß, das, was auf seinem Grund liegt. Tote Tiere und Pflanzen, die tief unter der Oberfläche verfaulen. Das Hochwasser hat sie nach oben gewirbelt.«

Bei Anbruch der Dämmerung war die Amme in Hagens Kammer gekommen und hatte ihm beim Aufstehen geholfen. Wenig später waren auf Tildas Geheiß zwei Männer eingetreten, riesenhafte Stallknechte mit Schultern so breit wie Wagenräder. Hagen hatte protestiert, er könne allein gehen, doch sie hatten darauf bestanden, ihn zum Baum zu tragen.

Jetzt lag er nackt unter einer Felldecke, und immer noch hallte der Anblick der leeren Flure und Zimmer der Burg in ihm nach; alle Bewohner mußten sich draußen versammelt haben, um dem Schauspiel beizuwohnen. Aber es war nicht der Gedanke an ihre Blicke, der ihn ängstigte.

In der Dunkelheit erkannte Hagen Dutzende lodernder Fackeln, wie eine Versammlung zukkender Irrlichter. Als sich die Träger der Menschenmenge näherten, begann sich vor ihnen geschwind eine Gasse zu bilden. Der Ring aus Leibern öffnete sich und gab den Blick frei auf den Baum selbst, eine gewaltige Eiche, deren Krone sich weit über den Rand einer Felsklippe spannte. Alle anderen Bäume im Umkreis von zehn Schritten waren gefällt worden. Die Eiche erhob sich einsam und eitel über einem Ruinenfeld aus Baumstümpfen, die wie Grabmonumente aus dem schlammigen Boden ragten. Das Gelände führte bergauf, die Eiche stand auf dem höchsten Punkt der Klippe. Hinter ihr in der Finsternis rauschte der Rhein.

Am Fuß des Baumes standen Bärbart und Graf Adalmar. Hagens aufgeregter Blick fand seine Mutter an der Seite des Pfaffen Viggo, in der vorderen Reihe der Menschenmenge. Ihre Leibdiener hielten rußende Fackeln. Der Wind schien die Flammen in Stücke zu reißen.

Dankwart stand neben der Gräfin und schenkte seinem Bruder ein flüchtiges Lächeln. Es sollte ihn aufmuntern, verfehlte aber gänzlich seine Wirkung. Im zuckenden Fackelschein wirkte es verzerrt, die schattenhafte Fratze eines Kobolds.

Tilda blieb am inneren Rand des Menschenringes zurück, während die beiden Träger Hagen zum Baum brachten. Zwischen der Eiche und den Zuschauern lagen mehr als fünf Mannslängen Ödland;

niemand, dem es nicht ausdrücklich erlaubt war, durfte näher herantreten.

Der Baum war von Bärbarts Vorgängern, Männern wechselnder Weisheit, angepflanzt und aufgezogen worden. In der Umgebung der Burg gab es noch mehr solcher Eichen, zehn oder elf insgesamt. Sie alle unterschieden sich von den übrigen Waldbäumen durch ihre Form: Ihre Stämme teilten sich in Brusthöhe zu einer feigenförmigen Öffnung, groß genug, daß ein Mensch mit Mühe hindurchkriechen konnte. Jede der Eichen war einem Mitglied der gräflichen Familie geweiht, sie blieb sein ein ganzes Leben lang. Und doch wurden die wenigsten dieser Bäume je ihrer Bestimmung zugeführt, denn die Folgen des Rituals waren unerforscht und galten als gefährlich.

Trotzdem hatte Graf Adalmar sich von Bärbart überzeugen lassen, daß in Hagens Fall ein Wunder vonnöten war, denn was immer auch dem Jungen widerfahren war, es konnte nichts Natürliches gewesen sein. Daher gab es nur einen Weg: Hagens Leib und Seele mußten gereinigt werden. Gereinigt durch die Zweite Geburt.

Bärbart war ein großer Mann mit buschigen Brauen und einem dunklen, struppigen Bart. Sein wildes Haar stand zumeist in alle Richtungen ab, doch an diesem Abend hatte er es sich mit Tierfett zu zwei mächtigen Hörnern geformt, eine Tribut an die

Waldgeister. Die schwarzen Spitzen stachen schräg über seiner Stirn empor, jede so lang wie ein Unterarm.

Kein Wunder, daß Viggo, der Burgpfaffe, bei diesem Anblick die Augen geschlossen und die Hände gefaltet hatte. Seine Lippen zuckten aufgeregt in einem stummen, nicht enden wollenden Gebet. Hagens Mutter tat es ihm nach, sie hob nicht einmal die Lider, als man ihrem Sohn von der Trage half. Ihre Lippen waren farblos, fast weiß. Sie war die einzige in der ganzen Burg, die dem Christenpriester blind vertraute; alle anderen hatten wenig für sein Geschwafel übrig, wenngleich einige sicherheitshalber seine Messen besuchten. Viggo hielt sie in einem ehemaligen Kerker ab, den Adalmar ihm auf Drängen der Gräfin – und voller Verachtung – überlassen hatte.

Der gehörnte Bärbart führte Hagen nun auf die andere Seite des Baumes, jene, die der Felskante und dem strudelnden Fluß darunter zugewandt war.

»Kannst du allein hindurchklettern?« fragte er leise.

Hagen nickte, obgleich er dessen keineswegs sicher war. Die Gewißheit, den schwarzen Fluß im Rücken zu haben, ängstigte ihn fast noch mehr als das bevorstehende Ritual.

Bärbart nahm die stumme Antwort seines Schützlings zufrieden und nicht ohne Stolz zur Kenntnis. Er hatte nie einen Hehl daraus gemacht, daß er Hagen für einen geeigneteren Erben der Grafschaft hielt als den älteren Dankwart. Trotzdem mochte Hagen ihn ebensowenig wie sein Bruder; beide Jungen fürchteten Bärbarts Klugheit ebenso wie seine Vertrautheit mit Geistern und Göttern. Die kunstvollen Hörner, die er sich auf die Stirn modelliert hat, waren nur die äußeren Zeichen einer dämonischen Aura, die Bärbart umgab wie ein schlechter Geruch.

»Dieser Baum ist dir seit deiner Geburt geweiht, ihr seid wie Brüder, er weiß das, du weißt das.« Bärbart sprach, als rezitiere er eine Zauberformel, seltsam gleichförmig, unbetont. »Du wirst durch den Spalt gehen und auf der anderen Seite zum zweitenmal geboren werden. Schließt sich der Spalt innerhalb der nächsten Jahre, so weiß jeder, daß du geheilt bist. Was immer dir in den vergangenen Tagen widerfuhr, die Spuren werden verblassen.«

Hagen wußte das alles längst, jedes Kind in dieser Gegend kannte die Regeln der Zweiten Geburt. Dennoch gehörte die Unterweisung durch den Zeremoniemeister zum Ritual.

»Du und der Baum«, fuhr Bärbart fort, »ihr werdet nach deiner Heilung eng miteinander verbunden sein, enger, als dies zwei Menschen jemals sein könnten. Nicht Mann und Weib, nicht Kind und

Mutter. Du und der Baum, ihr werdet im Angesicht der Götter eins sein. Scheidest du dereinst aus dem Leben, so wird dein Geist in den Stamm fahren und in ihm weiterleben.« Er sah dem Jungen eindringlich in die Augen, bis Hagen glaubte, nicht nur sein Körper sei nackt, sondern auch seine Gedanken. Zum ersten Mal wurde ihm bewußt, wie sehr er fror. Aber Kleidung war während des Rituals nicht gestattet.

»Hast du alles verstanden?« fragte Bärbart streng.

»Ja.«

»Bist du bereit, die Zweite Geburt zu vollziehen?«

»Ich bin bereit.«

Bärbart hob die Stimme, so daß alle ihn hören konnten. »Die Zeremonie kann beginnen!«

Stille legte sich über die Menge der Burgbewohner. Nur das Knistern der Fackeln und das Flüstern des Flusses waren zu hören. Hagen schien es, als vernähme er Stimmen im Rauschen der Strömung, ein Glucksen voller Schadenfreude, ein Wispern in der Finsternis.

Adalmar trat vor und zog seinen Sohn kraftvoll an sich. Er umarmte ihn, als sei dies ein Abschied für immer, die Geste eines Kriegers vor der Schlacht. Dann trat er einige Schritte zurück. Nur Bärbart blieb bei Hagen am Baum, nahm jedoch an der bergabgewandten Seite Aufstellung, um den Jungen dort entgegenzunehmen.

Hagen stand ganz allein zwischen Eiche und Abgrund, sein nackter weißer Körper schimmerte wie ein Geist in der Dunkelheit. Die Nacht schien ihn zu liebkosen, mit ihrem Versprechen von Stille und Schlaf, doch da war noch etwas anderes. Die Stimme der Strömung raunte Geheimnisse zu ihm empor, deren Bedeutung unterwegs verlorenging. Der Fluß schien eine Kälte auszustrahlen, die sogar den frostigen Wind übertraf.

Die Rinde des Baumes fühlte sich hart und spröde an, als Hagen sie mit beiden Händen berührte. Bärbart stimmte im gleichen Augenblick ein leises Summen an, eine langsame, schwerfällige Melodie, die von der Menge aufgegriffen wurde. Bald schon wurde die Stille vom düsteren Singsang der Menschen verdrängt. Einen Moment lang glaubte Hagen, der Fluß stimme mit ein.

Er legte die Hände an die Holzwülste, die den Spalt wie ein Paar riesiger Lippen flankierten. Sachte steckte er den Kopf ins Innere des Stammes, den Blick dabei fest auf das andere Ende gerichtet, auf einen schmalen Ausschnitt der Menge. Dort standen, Zufall oder Vorsehung, der Pfaffe und die Gräfin. Beide beteten immer noch stumm zu ihrem Christengott, hielten fest die Augen geschlossen. Alle anderen sahen gebannt zum Baum herüber.

Auch Hagen wollte die Lider schließen, aber sie flackerten und zuckten nur, verweigerten ihm die Blindheit. Zitternd schob er die Schultern durch den Spalt. Die Öffnung war zu eng, die Rinde riß seine Haut auf. Er spürte, wie Blut über seine Oberarme rann; in der eisigen Nachtluft fühlte es sich kalt wie Eiswasser an.

Er kletterte weiter, zog die Brust hinterher. Sein Gesicht kam auf der anderen Seite schon wieder zum Vorschein. Immer mehr Holzsplitter bissen in seine Haut, bald schon war er bis zur Hüfte voller Blut. Als Bärbart schließlich nach ihm griff und ihm wie eine Amme beim Austritt aus der Baumspalte beistand, da war sein Körper tatsächlich so rot und naß wie ein Neugeborenes.

Die Zweite Geburt war vollzogen.

Hagen fühlte sich genauso kraftlos wie zuvor, nur waren jetzt zahllose Wunden hinzugekommen, winzig klein, aber schmerzhaft. Sein ganzer Körper schien in Flammen zu stehen. Seine Knie gaben nach, er sackte in Bärbarts Armen zusammen. Sogleich eilten Tilda und zwei andere Frauen herbei und hüllten ihn in Decken.

Als man ihn vorsichtig auf die Trage legte, hörte er Bärbarts leise Worte: »Die Jahre werden zeigen, ob die Heilung gelungen ist.« Dabei strich er mit der Rechten über den blutigen Rand der Spalte, senkte den Kopf, bis seine Hörner gegen die Rinde stießen.

Hagen wurde fortgetragen, zurück zur Burg. Rote Schleier schwirrten vor seinen Augen. Er wußte nicht, ob er phantasierte, als er die raunende Stimme seiner Mutter vernahm, ganz nahe an seinem Ohr:

»Weißt du, was man über die Zweite Geburt sagt, Hagen? Fällt man den Baum, der den Geheilten geboren hat, und läßt man ihn als Teil eines Schiffes zu Wasser, so entsteht daraus ein Klabautermann.« Flüstern und Wispern in seinem Schädel, eine Spirale aus Warnungen, Drohungen, ein Versprechen. »Ein Wassergeist entsteht, mein Sohn. Ein Teufel.«

Zwei Wochen vergingen, ehe Hagen sein Lager verlassen konnte, auf eigenen Füßen und ohne die Begleitung anderer. Sein erster Weg führte ihn hinaus aus dem Burgtor, die Klippe hinauf, zum Baum. *Seinem* Baum.

Er fragte sich, ob die Eiche etwas ähnliches dachte. *Ihr* Mensch.

Nein, dachte er lächelnd, Bäume denken nicht.

Aber sie gebären auch keine nackten Jungen.

Das hat sie nicht, widersprach er sich selbst. Es war nur eine Zeremonie, etwas, das man tut, um die Götter für sich einzunehmen.

So, war es das? Erinnere dich an Bärbarts Worte: Du und der Baum, ihr werdet eins sein! *Das war es, was er gesagt hat. Besser, du glaubst ihm.*

Eins sein! schoß es ihm durch den Kopf. Und wieder, eindringlicher: Eins sein!

Verunsichert blieb Hagen vor der Eiche stehen, in sicherem Abstand. Sein Vater hatte einen Wächter, mit Schwert und Spieß bewaffnet, am Fuß des Baumes Stellung beziehen lassen. Der Mann nickte Hagen grüßend zu, aber seine Freundlichkeit wirkte aufgesetzt. Nicht, daß er den Grund seiner Wache nicht einsah; ganz im Gegenteil, er verstand sehr wohl, was es mit der Eiche auf sich hatte. Gerade deshalb fürchtete er sie.

Hagen konnte es ihm schwerlich verübeln. Die Nähe zwischen sich selbst und dem Baum, die Bärbart heraufbeschworen hatte, mochte da sein, doch viel war von ihr nicht zu spüren. Was da vor ihm stand, groß und mit weitverästelter Krone, war nichts als ein knorriger Baum, sehr viel älter als er selbst, und das Dämonische, das von ihm auszugehen schien, mochte nicht mehr sein als die Furcht der Jugend vor dem Alter.

Unterhalb der Klippe brauste immer noch das Hochwasser vorüber, es hatte während der vergangenen Tage kaum nachgelassen. Die Alten raunten sich in den Fluren der Burg zu, dies sei die längste Flut, von der sie je gehört hätten.

Der Wächter machte zwei Schritte auf Hagen zu. »Ich erwarte Euch am Fuß der Klippe, Herr.«

Hagen runzelte verwundert die Stirn. »Warum bleibst du nicht?«

»Der Weise Bärbart trug mir auf, Euch, wann immer Ihr mögt, mit dem Baum alleinzulassen. Er sagte, es gäbe vielleicht Dinge, die Ihr mit ihm ... besprechen müßtet.« Unruhe glomm wie ein Funke in den Augen des Mannes.

»Besprechen?« wiederholte Hagen.

»Das war das Wort, das Bärbart gebrauchte.« Der Mann deutete eine Verbeugung an. »Wenn Ihr also erlaubt ...« Und damit war er bereits an Hagen vorbei und eilte den Hang hinunter. Vom Ödland der abgeholzten Bäume trat er in den Schatten des Waldes und verschwand darin. Jenseits der Wipfel kauerte die Burg auf ihrem Bergrücken wie ein kraftloser Riese aus Stein.

Hagen sann nicht länger über das merkwürdige Verhalten des Postens nach. Statt dessen trat er einige Schritte vor. Als er jene Stelle erreichte, an der während der Zeremonie seine Mutter mit dem Pfaffen gestanden hatte, fiel sein Blick geradewegs auf den Spalt. Die Sonne schien grell, und der Himmel war von strahlendem Blau; das hätte er auch jenseits der Öffnung sein müssen.

Doch der Spalt war schwarz. Ein finsteres, pupillenloses Auge, das Hagen starr entgegenglotzte.

Er begann zu frösteln, spürte, wie sein Atem schneller ging.

Die Öffnung blieb schwarz. Etwas verdeckte sie von der anderen Seite.

Hagen keuchte auf, als ihn die Erkenntnis traf.

Jemand stand hinter dem Baum!

»Wer ist da?« fragte er leise, in einer Tonlage, die das Kind in ihm verriet. Er hätte sich herumwerfen und fliehen können, aber was hätte dann der Wächter von ihm gedacht?

Vielleicht spielte ihm jemand einen Streich.

»Dankwart? Bist du das?«

Der Gedanke schien ihm einleuchtend, und er faßte neuen Mut. Langsam machte er zwei, drei Schritte auf den Baum zu. Wenn es wirklich sein Bruder war, der sich hinter dem Stamm verbarg, dann würde er ihm die frechen Scherze austreiben.

Nichts rührte sich. Der Baum stand hoch und ehrfurchtgebietend vor ihm, breit genug, um zwei Männern gleichzeitig Schutz zu bieten. Als Hagen nach oben schaute, bemerkte er, daß er bereits unterhalb der äußeren Äste stand, so weit fächerten sie hinaus in den Himmel. Als wollte der Baum das ganze Firmament umkrallen.

»Dankwart?« fragte er noch einmal, kühner als zuvor.

Im Kampf gegen seinen Widerwillen machte er

schwerfällig Schritt um Schritt. Noch drei Mannslängen, dann würde er den Stamm erreicht haben. Die Schatten der Äste legten sich verzerrt über sein Gesicht wie Kerkergitter.

Sein Bruder – wenn er es denn war – gab keine Antwort. Auch sonst regte sich nichts. Kein Rascheln, keine sichtbare Bewegung.

Wieder pfiff der Wind über die Felskante. Kalt, so kalt. Etwas regte sich in Hagens Erinnerung, wie ein Tier, das sich im Winterschlaf wälzt.

»Das ist nicht lustig«, brachte er schwach hervor. Sein Mut schwand schon wieder, und an seine Stelle trat ... Zorn? Oder eher ein Anflug von Panik?

Er hatte es vermieden, noch einmal in den Spalt zu blicken, in der Befürchtung, sein Geist könne ihm einen Streich gespielt, ihn schlichtweg getäuscht haben. Doch als er nun erneut durch die Öffnung schaute, war die Finsternis immer noch da. Dort, wo ein feigenförmiger Splitter des Himmelsblau hätte sein müssen, war nichts als tiefe Schwärze. Was aus der Ferne noch wie ein Auge gewirkt hatte, erschien ihm jetzt als langgestrecktes Maul. Die hölzernen Lippenwülste rechts und links der Öffnung waren immer noch von seinem getrockneten Blut bedeckt. Es hatte sogar dem Regen widerstanden, fast als hätte die Rinde es aufgesogen.

Der Wind aus der Tiefe wimmerte leise. Er trug das Flüstern des Flusses herauf.

Ganz langsam, zögerlich, trat Hagen nach rechts. Erst nur einen Schritt, dann einen zweiten. Ahnungsvoll machte er sich daran, den Baum zu umrunden.

Und wenn der andere es nun genauso machte? Sie würden sich im Kreis drehen, den Stamm immer zwischen ihnen. Hagen würde sich dem Klippenrand nähern, kaum zwei Schritte hinter dem Baum. Dort wartete der Abgrund auf ihn, an seinem Grund der Fluß und in dessen Tiefe –

Nein! kreischte es in ihm. Tu das nicht! Geh nicht weiter, bleib stehen!

Er machte noch einen Schritt, dann noch einen, unendlich langsam. Näherte sich der Felskante und der Rückseite des Baumes. Legte den Kopf schräg, um besser dahinterschauen zu können.

Der schmale Streifen zwischen Stamm und Kante war leer. Niemand war da. Wurzelstränge ragten aus dem Boden wie Beine einer zertretenen Riesenspinne.

»Ist da wer?« fragte er wieder. Er schluckte, aber der Knoten in seinem Hals wollte nicht weichen.

Hagen überlegte fieberhaft. Er mußte einmal um den Baum herumgehen, um wirklich sicher sein zu können. Aber immer noch war ihm der Gedanke, so nahe an den Abgrund zu treten, zuwider. Falls ihm der andere, der sich hinter dem Stamm verbarg, Böses wollte, würde es ihm ein leichtes sein, Hagen in die Tiefe zu stoßen.

Zaghaft trat er um die vordere, dem Wald zugewandte Seite, horchte angestrengt auf Kleiderrascheln oder andere verräterische Laute. Sein Atem rasselte in seinen Ohren. Hätte er nicht auch das Atmen des anderen hören müssen?

Was, wenn der andere gar nicht zu atmen braucht?

Unsinn. Das sind Ammenmärchen.

Aber du hast es doch gefühlt, unten im Fluß. Du weißt, daß da etwas war. Etwas, das im Fluß lebt, muß nicht atmen ...

Hagen schüttelte sich. Ein eisiger Schauder lief ihm über den Rücken. Es kostete ihn einige Überwindung, überhaupt weiterzugehen. War es nicht gleichgültig, was der Wächter von ihm dachte?

Nein, er war des Grafen Sohn! Keine Wahnvorstellung würde ihn in die Flucht schlagen.

Nur ein Alptraum, hämmerte er sich ein.

Er war jetzt völlig sicher, daß es nicht Dankwart war, der seine Späße mit ihm trieb. Das hier war etwas ganz anderes.

Hagen stand nun an der Vorderseite, genau vor dem Spalt. Widerwillig senkte er den Kopf, um noch einmal hindurchzuschauen.

Die Schwärze war unverändert. Seine schale Hoffnung, jemand habe vielleicht etwas in die Öffnung gestopft, schwand dahin. Und noch etwas begriff er: Die Spalte wurde gar nicht von der anderen Seite versperrt.

Hagen war ganz allein am Baum. Da war niemand, der sich vor ihm versteckte.

Jetzt erkannte er, woraus die Schwärze in Wahrheit bestand.

Es war die Nacht.

Ein Stück des dunklen Nachthimmels hatte sich in der Spalte verfangen. Hagen konnte jetzt sogar Sterne erkennen, und wenn er seine Position ein wenig änderte, dann sah er durch die Öffnung das andere Ufer, düster und schlummernd im Mondenschein.

Mit einem Ruck riß er den Kopf zurück, schaute um den Stamm herum. Er sah das Ufer jenseits des Flusses, rotgelbe Wälder im Licht der Herbstsonne.

Noch ein Blick durch den Spalt. Dahinter herrschte abermals Finsternis.

Soviel Dunkelheit in jeder Nacht, daß sie nicht von einem Tag auf den anderen aufgebraucht wird; irgendwohin muß der Rest verschwinden. Warum nicht in diesen Baum?

Einen Moment lang schien das fast vernünftig.

Hagen taumelte zurück, stolperte, landete auf dem Boden.

Was, bei allen Göttern, *war* das?

Er rappelte sich auf, trat noch einmal näher an den Baum. Ganz langsam hob er die rechte Hand, überlegte, ob er sie in den Spalt stecken sollte. Widerwillig berührte er die hölzernen Lippenwülste. Es war viel kälter im Inneren des Baumes; mit der Dunkelheit hatte sich auch die Frische der Nachtluft im Eichenstamm eingenistet.

Wieder machte er sich daran, den Baum zu umrunden, und diesmal zögerte er nicht, sich in die Nähe des Abgrundes zu wagen. Es war niemand da, der ihn hinabstoßen konnte. Niemand, außer ihm selbst.

Die Rückseite der Eiche war in Sonnenschein gebadet. Hagen bückte sich, blickte nun von der anderen Seite durch den Spalt. Von hier aus hätte er den Waldrand sehen müssen, davor das Feld der Baumstümpfe.

Aber er sah Fackeln. Züngelndes, zuckendes Fackellicht. Eine Menschenmenge unter dem Nachthimmel. Und davor seine Mutter und der Priester, beide betend, die Augen geschlossen.

Es war das gleiche Bild, das er gesehen hatte, als er vor zwei Wochen zum ersten Mal durch den Stamm geschaut hatte, unmittelbar bevor er hindurchgekrochen war.

»Der Baum hat seine Unschuld verloren«, sagte plötzlich eine Stimme jenseits der Eiche. »Das feine Gespinst der Wirklichkeit in seinem Inneren ist zerrissen. Der Augenblick der Zweiten Geburt wird für immerdar in ihm gefangen sein.«

Hagen schrak zurück, taumelte, verlor das

Gleichgewicht. Seine Ferse trat auf den Rand der Klippe, rutschte ab. Er schrie auf, ein Kreischen in höchster Panik, als sich der Fluß unter ihm auftat wie ein Maul. Die Oberfläche war grau und trübe, trotz des blauen Himmels.

Finger schossen vor, umfaßten sein Handgelenk. Zwei, drei Atemzüge lang schwebte Hagen über dem Abgrund, stumm, erstarrt, unter sich nichts als die Tiefe.

Jemand riß ihn zurück auf festen Grund. Das Maul des Flusses schloß sich wieder.

»Eine Dritte Geburt kann es nicht geben«, sagte Bärbart.

Kapitel 3

ieso hörst du auf?« Nimmermehrs Stimme klang atemlos. Zum ersten Mal seit langem bewegte sie sich wieder. Während Hagen geredet hatte (und geredet und geredet), war sie stumm geblieben, hatte ihn kein einziges Mal unterbrochen.

Er erforschte die Leere hinter seinen Augenlidern. »Ist es schon abend?«

»Schon lange. Es ist stockdunkel.«

Unwirsch tastete er nach den Zügeln in ihren Händen, zog heftig daran. »Dann laß uns rasten. Es ist gefährlich, im Dunkeln zu reiten. Zumal so nahe bei einem Schlachtfeld – wer weiß, wer sich in dieser Gegend herumtreibt.«

»Leichenfledderer? Plünderer?«

»Vielleicht, ja.«

Nimmermehr sprang von Paladins Rücken und seufzte, als wollte sie damit klarstellen, daß sie keineswegs einverstanden war. »Wenn du meinst«, sagte sie gedehnt.

»Ich soll doch dafür sorgen, daß dir nichts zustößt, oder?« Er spürte, daß er schärfer klang als nötig, aber er konnte nichts dagegen tun. Er mochte sonst nichts über Nimmermehr wissen, doch eines hatte er längst erkannt: Sie konnte ungemein anstrengend sein.

Das Mädchen gab keine Antwort. Geräusche verrieten, daß sie Decken auf dem Boden ausrollte. Mochten die Götter wissen, woher sie sie genommen hatte; sie mußten am Sattel gehangen haben, ohne daß Hagen sie bemerkt hatte. Kleinigkeiten wie diese verunsicherten ihn mehr als alles andere.

Zögernd ließ er sich vom Rücken des schnaubenden Pferdes zu Boden gleiten. Auch als er schon Fels unter den Füßen spürte, hielt er sich weiter am Sattelknauf fest.

»Beschreib mir, wo wir sind«, verlangte er und setzte mit einer Hand den Helm ab.

»Es ist dunkel«, sagte sie trotzig. »Ich kann nichts sehen.«

»In freiem Gelände ist es niemals so dunkel, daß man nichts sieht.« In seiner Lage war das eine so absurde Aussage, daß er scharf die kühle Nachtluft einsog, ehe er weitersprechen konnte: »Wie hat es ausgesehen, bevor es dunkel wurde?«

»Wir sind immer noch oben in den Bergen«, sagte sie und griff nach seiner Hand. Ihre Finger waren warm und führten ihn zu den Decken. »Ich glaube, ein Stück weiter vor uns führt das Gelände wieder abwärts. Wir sind die meiste Zeit durch eine Senke geritten, wahrscheinlich ein altes Flußbett mit hohem Gras rechts und links. Oben an der Böschung standen noch mehr von diesen Dornenbüschen.«

»Das hättest du mir sagen müssen«, fuhr er sie aufgebracht an. »Wir hätten direkt in einen Hinterhalt reiten können.«

»Morten von Gotenburg hat es nicht nötig, mir irgendwo aufzulauern. Außerdem müßte er immer noch hinter uns sein. Er hat es nicht sonderlich eilig damit, mich einzufangen.«

»Sind wir immer noch in diesem Flußbett?« fragte Hagen.

»Ja, es ist breiter geworden.«

»Hast du in der Nähe einen Weg gesehen oder eine Straße?«

»Nirgends.«

Hagen holte tief Luft und stellte sich vor, wie sie vor ihm im Dunkeln saß, das hübsche Gesicht zu einem altklugen Naserümpfen verzogen.

Wie kommst du darauf, daß sie hübsch ist?

Er versuchte, auf andere Gedanken zu kommen. »Wir müssen wohl davon ausgehen, daß dieser Morten denselben Weg nimmt.«

»Das müssen wir wohl.«

»Das scheint dich nicht sehr zu bekümmern«, stellte er fest.

»Kannst du das beurteilen?« gab sie beleidigt zurück. »Ich bin seit einer Ewigkeit auf der Flucht vor ihm. Irgendwann lernt man, mit der ständigen Gefahr zu leben. Man beginnt, sie als Teil seiner selbst zu akzeptieren.«

Sie war noch so jung, dachte er bekümmert, und war schon zum selben Schluß gekommen wie er selbst. Es war nicht richtig, daß sie aus Erfahrung über solche Dinge sprechen konnte. Er hatte sich sein Leid selbst aufgebürdet, er allein trug die Schuld daran. Aber sie? Wieder wurde ihm bewußt, daß er nichts über sie wußte.

»Woher kennst du diesen Mann?« Er nahm seinen Waffengurt ab und streckte sich auf der Decke aus. Der Boden darunter war uneben und mit scharfkantigen Steinen übersät.

»Du bist mit deiner Geschichte noch nicht am Ende«, erwiderte sie. »Erst erzählst du, dann ich, das war unsere Abmachung.«

»Wie soll ich dich vor jemandem beschützen, über den ich nicht das geringste weiß?« Er war viel zu müde, um sich auf einen Streit mit ihr einzulassen. Das viele Reden war er nicht gewohnt. Sie hatte schon mehr aus ihm herausgelockt als jeder andere Mensch, den er getroffen hatte.

Und wer weiß, dachte er, vielleicht gibt es diesen Morten ja gar nicht. Seltsamerweise beunruhigte ihn dieser Gedanke nicht im mindesten; mit seiner Blindheit ging eine gefährliche Gleichgültigkeit einher.

»Erzählst du nun weiter?« fragte sie.

»Ich bin müde.«

»Ich kann nicht einschlafen, wenn ich nicht weiß, wie es weitergeht«, sagte sie beharrlich. Ihre Stimme war jetzt direkt neben ihm. Als er sich bewegte, stieß er mit dem Knie gegen ihr Bein. Ja, da lag sie, ganz nahe bei ihm.

»Ich kann kein weiteres Wort mehr sagen, wenn ich nicht vorher schlafe«, gab er zurück.

»Es hat dich schlimmer erwischt, als du zugeben willst.«

»Wie kommst du denn darauf?« fragte er mürrisch.

»Ich hab dich für ausdauernder gehalten.«

Empört fuhr er auf. »Ich *bin* ausdauernd.«

»Ja, im Jammern.«

»Hör zu, Nimmermehr, oder wie auch immer du in Wirklichkeit heißen magst –«

»Aber ich heiße so«, unterbrach sie ihn und klang nun gleichfalls gekränkt.

»Gut. Nimmermehr. Von mir aus. Ich bin hundemüde, und ich habe, verdammt nochmal, allen Grund dazu. Ich habe drei Tage lang in einer Schlacht gekämpft, im Dienste von Männern, die der Ansicht waren, alles, was ein Krieger braucht, wird aus Eisen geschmiedet. Verstehst du, ich habe Hunger! Ich habe Wunden am ganzen Körper –«

»Die ich versorgt habe.«

»Ich habe Wunden am ganzen Körper«, wiederholte er betont, ohne sich beirren zu lassen, »und mein Schädel tut weh, weil ich einen Tag lang einen Helm tragen und darunter reden mußte. Und, glaube mir, das ist sonst überhaupt nicht meine Art.«

Sie wollte ihn erneut unterbrechen, doch er brachte sie schon nach der ersten Silbe zum Schweigen, indem er mit erhobener Stimme fortfuhr: »Als ob das alles noch nicht genug wäre, muß ich Kindermädchen spielen für jemanden, den ich nicht kenne und der keinerlei Anstalten macht, daran etwas zu ändern. Ich weiß nicht, wer du bist, Nimmermehr, und ich weiß nicht, warum man dich angeblich verfolgt. Und soll ich dir noch etwas sagen: Im Augenblick mag ich auch gar nichts darüber hören. Alles, was ich will, ist eine Weile Ruhe und ein wenig Schlaf, damit ich mich morgen wieder auf dieses Pferd setzen, deine Anwesenheit ertragen und mir den Mund in Fransen reden kann.« Er schnappte nach Luft wie ein Schwimmer in Bedrängnis. »War das deutlich genug?«

Nimmermehr gab keine Antwort. Er horchte auf ihren leisen, weichen Atem in der Nacht, und plötzlich hatte er das verrückte Bedürfnis, sie zu berühren, einfach um zu wissen, daß sie wirklich noch da war. Im Moment war sie das einzige, das ihn am Leben hielt. Ohne sie war er verloren.

Er wartete, erst gelassen, dann immer ungeduldiger, daß sie endlich wieder mit ihm sprechen würde, und wenn es nur eine weitere kindische Bemerkung oder eine neue Besserwisserei war. Seine Müdigkeit war immer noch da, aber er konnte nicht einschlafen, ohne daß sie irgend etwas erwiderte; dafür haßte er sich beinahe selbst.

Sie aber sagte nichts. Schwieg nur und schmollte wahrscheinlich stur vor sich hin.

Irgendwann, er hatte das Gefühl, die halbe Nacht sei vergangen, fragte er: »Schläfst du?«

Ein Augenblick verging. »Nein«, sagte sie dann. Nichts sonst, nur das eine Wort. Das paßte gar nicht zu ihr.

»Ich habe das eben nicht so gemeint.« Liebe Güte, was war nur aus ihm geworden!

»Was meinst du?« fragte sie verständnislos.

Vielleicht hatte sie ihn ja schon um den Verstand gebracht, ohne daß er selbst es bemerkt hatte. »Vergiß es«, sagte er deshalb mit halbherzigem Grimm.

»Tut mir leid, ich habe nicht zugehört.«

Einen Moment lang war er sprachlos. Dann, ganz allmählich, fand er wieder zu sich selbst. Er durchschaute ihre List. Nicht zugehört? Natürlich nicht, dachte er hämisch. Was sie nicht hören wollte, das hörte sie nicht!

Nimmermehr flüsterte: »Ich habe hinaus in die Nacht gelauscht. Er kommt näher.«

»Wer?« fragte Hagen und setzte sich ruckartig auf. »Dein Magier?«

»Morten, ja. Spürst du ihn nicht?«

Widerwillig horchte er ins Dunkel. Eine Grille zirpte nahe an seinem rechten Ohr. Und vom Himmel ertönte das Kreischen ferner Raben.

Raben? Mitten in der Nacht?

Zum ersten Mal seit Stunden überkamen ihn wieder Zweifel. Sagte sie die Wahrheit? War es wirklich so dunkel, wie sie behauptete? Wer sagte ihm denn, daß es nicht heller Nachmittag war? In seiner Verfassung hätte er zu jeder Tageszeit müde sein können, das war kein Anhaltspunkt. Und seine Blindheit machte die Unterscheidung unmöglich.

Die Erkenntnis war wie ein Schlag ins Gesicht: Er war nicht nur auf Nimmermehr angewiesen, er war ihr mit Haut und Haaren ausgeliefert! Er mußte ihr vertrauen, weil er gar keine andere Wahl hatte!

Unwillkürlich gab er sich alle Mühe, ihr zu glauben. Es war Nacht.

»Sind es vielleicht die Raben, die du hörst?« fragte er gefaßt.

»Nein. Die sind immer da. Ich meine ihn. Seine Gedanken.«

»Du hörst Mortens Gedanken?«

»Ich kann den Haß darin spüren. Er wird bald hier sein.« Leiser fügte sie hinzu: »Er wird mir weh tun.«

Ein böser Traum, dachte er. Sie hatte geschlafen, ohne daß er es bemerkt hatte, und nun konnte sie nicht mehr zwischen Nachtmahr und Wirklichkeit unterscheiden.

»Niemand wird dir weh tun.« Er versuchte sanft zu klingen, aber darin war er nie besonders gut gewesen. »Ich passe auf dich auf.« Selbst in ihrem Zustand mußte sie durchschauen, wer hier in Wahrheit auf wen achtgab. Aber es war das beste, das ihm in den Sinn kam. Nicht viel, gestand er sich ein.

Die Furcht in ihrer Stimme war jetzt noch deutlicher. »Er wird kommen, und er wird dich töten, und mich wird er auch töten, aber nicht gleich. Und vorher wird er mir Schmerzen zufügen, schlimme

Schmerzen, aber du bist ja dann tot und wirst nichts mehr davon mitbekommen.«

Er lächelte; vielleicht war es wirklich an der Zeit, einen Arm um sie zu legen.

Aber er tat es nicht. »Ich mag zwar blind sein, aber so schnell bringt man mich nicht um.« Insgeheim wußte er genau, was für einen Unsinn er da redete.

»Morten schon.«

Hagen unterdrückte einen Seufzer. »Was schlägst du denn vor? Sollen wir weiterreiten?« *Mitten in der Nacht*, wollte er hinzufügen, ließ es dann aber bleiben.

Sie klang immer noch, als spreche sie im Halbschlaf. Ängstlich zwar, aber zugleich seltsam fern und gedankenverloren. »Ich kann ihm nicht entkommen. Er ist das Buch ohne Seiten. Er weiß alles, sieht alles, sogar, daß du bei mir bist.«

»Buch ohne Seiten?« fragte er verwundert. »Was soll das sein? Ein Gleichnis?«

»Morten von Gotenburg ist Das-Buch-das-lebt.«

»Das *was*?« So albern es auch war: In ihm regte sich plötzlich Besorgnis, eine Unruhe, die er sich selbst nicht erklären konnte.

»Es ist ... nicht einfach«, sagte sie stockend.

Sein Tonfall wurde um eine Spur schärfer. »Vielleicht sollten wir unsere närrische Abmachung einen Moment lang vergessen. Wer ist dieser Morten von Gotenburg? Und was hat es mit diesem Buch auf sich?«

»Du hast noch nie davon gehört?«

»Mir ist nicht nach Rätselraten zumute.«

Nimmermehr wandte sich zu ihm um. Hagen spürte ihren Atem auf seiner Wange; er fühlte sich kühl an.

»Man erzählt sich, Morten habe einen Pakt mit dem Bösen geschlossen.«

»Das erzählt man sich von vielen.« Er wünschte sich, sie würde die Gerüchte überspringen und endlich zur Sache kommen.

Nimmermehr schien seinen Einwurf überhört zu haben. »Seither trägt er einen langen, weiten Mantel, der seinen ganzen Körper verhüllt. Aber darunter ist er nicht allein! Manche sagen, sie kennen wiederum andere, die Mortens Leib gesehen haben – und das, was darauf *lebt*.« Sie verstummte für einen Augenblick, als erfülle sie allein die Vorstellung mit Abscheu. »Seine Glieder sind übersät mit winzigen Teufeln, jeder nicht größer als ein Finger. Es sind Dutzende. Sie klettern auf ihm herum wie Ameisen, tagein, tagaus. Mit ihren Krallen ritzen sie Runen und Zeichen in sein Fleisch, bedecken ihn damit von oben bis unten. Es sind Zaubersprüche, sagen die Leute! Immer wieder finden diese Kreaturen verborgene Stellen an seinem Körper, die noch unbeschriftet sind, und überall hinterlassen sie ihre Spuren.

Deshalb nennt man ihn Das-Buch-das-lebt. Er ist ein lebendiges Zauberbuch! Die Teufel schreiben und schreiben und schreiben auf ihm... Die Schmerzen haben ihn längst in den Irrsinn getrieben. Er hat Wahnvorstellungen, sieht überall Feinde und Gespenster, obgleich er selbst die Essenz des Bösen in sich trägt.«

Nimmermehr hatte immer schneller gesprochen, hatte die Worte ausgespien, als wäre sie froh, sich ihrer endlich zu entledigen. Sie hatte die Wahrheit – oder das, was sie dafür hielt – schon viel zu lange mit sich herumgetragen.

Hagen dagegen war alles andere als erleichtert. Wenn es stimmte, was sie gesagt hatte, dann war dieser Morten eine viel größerer Gefahr, als er bisher angenommen hatte. Log sie jedoch, so hatte Hagen sich in die Obhut einer Wahnsinnigen begeben. Und er wußte nicht recht, was schlimmer war.

»Du glaubst, in diesem Herbsthaus bist du sicher vor ihm?«

»Völlig sicher.«

»Warum verfolgt er dich?«

»Er hat schon auf viele Jagd gemacht. Eines Tages hörte er, wie ich das, was ich dir eben erzählt habe, zu einem anderen sagte. Seither haßt er mich. Er hat geschworen – vor mir und vor anderen –, daß er nicht ruhen wird, bis er mich für meine Worte bestraft hat.«

»Empfindsam ist er außerdem, wie mir scheint«, bemerkte Hagen.

»Würdest du ihn kennen, würdest auch du ihn ernstnehmen.«

»Ich habe schon mit vielen Verrückten zu tun gehabt. Dein Morten von Gotenburg ist nur einer mehr. Ich habe keine Angst vor ihm.«

»Die anderen konntest du sehen, als du ihnen begegnet bist.«

Er schluckte eine wütende Erwiderung und sagte dann: »Du hast gesagt, du kannst ihn spüren. Wie weit entfernt ist er noch?«

»Nahe, sehr nahe.«

Hagen stemmte sich auf die Beine. »Dann sollten wir weiterreiten.«

»Sagtest du nicht, du bist müde.«

»Nicht müde genug, um mich im Schlaf erschlagen zu lassen.«

Wenig später saßen sie wieder auf Paladins Rücken und setzten ihren Weg fort, der anderen Seite der Berge entgegen.

Hagen horchte auf den Hufschlag des Tieres. Sie ritten immer noch über blanken Stein. »Wie lange dauert es noch bis zum Sonnenaufgang?«

»Ich weiß nicht«, gab Nimmermehr kläglich zurück. »Vielleicht können wir bis dahin den Rhein erreichen.«

Bei der Erwähnung des Flusses fuhr ihm eine

schreckliche Kälte in die Glieder. »Weißt du, ob Morten auch bei Nacht reitet?«

»Die Schmerzen lassen ihn ohnehin nicht schlafen.«

»Er schläft nicht? Niemals?«

»Die Runen geben ihm alle Kraft, die er braucht.«

»Vielleicht doch kein so schlechter Handel.«

»Darüber solltest du keine Scherze machen.«

Hagen hatte den Helm am Sattel befestigt; im Dunkeln würde niemand den blinden Blick seiner Augen bemerken. Der kühle Wind, der ihm ins Gesicht schlug, vertrieb seine Müdigkeit ein wenig. Er hoffte, es würde im Sitzen ein wenig Ruhe finden; es wäre nicht das erste Mal, daß er im Sattel eines Pferdes schlief.

Doch bereits kurz darauf ließ ihn ein Geräusch zusammenfahren. Einen Augenblick lang war er verwirrt, wußte nicht einmal, ob er tatsächlich eingeschlafen war.

»Was war das?« zischte er.

Nimmermehr mußte es ebenfalls gehört haben, denn sie wartete mit ihrer Antwort, als lausche sie aufmerksam in die Nacht. »Hufschlag«, brachte sie schließlich hervor, »von mehreren Pferden.«

»Reitet Morten in Begleitung?«

»Als ich ihn zuletzt sah, war er allein.«

»Wie lange ist das her?«

»Wochen.«

Er spürte, wie sie mit jedem Atemzug unruhiger wurde. Ihre Aufregung griff auf ihn über.

»Kannst du irgendwas erkennen?« fragte er.

Sie rutschte hinter ihm hin und her, schien sich umzuschauen: »Nichts.«

»Wir müssen hoch auf die Böschung.«

Nimmermehr gab dem Pferd eine neue Richtung. Wenig später schaukelten sie einen kurzen Hang hinauf. Oben brachte Nimmermehr den Hengst zum Stehen.

»Schnell«, forderte er, »sag mir, was du siehst!«

»Es ist zu dunkel. Der Mond steht hinter Wolken; es sind kaum Sterne am Himmel. Ich kann nur ganz schwach den Horizont sehen. Aber zwischen ihm und uns ist alles schwarz.«

Hagen fluchte leise, seine Gedanken rasten. Er schwieg eine Weile und horchte auf verräterische Laute. Erst glaubte er, der Hufschlag sei verstummt, dann aber vernahm er ihn erneut; er klang jetzt näher, war nicht einmal besonders schnell. Kein Galopp, keine übermäßige Eile.

Nimmermehr hörte es ebenfalls. »Ich glaube, sie sind hinter uns im Flußbett. Sie müssen uns längst bemerkt haben.«

Hagen traf eine Entscheidung. »Los, steig ab!«

»Aber –«

»Kein Aber. Steig ab und versteck dich irgendwo.«

»Wenn es wirklich Morten ist, wird er dich töten.« Aus ihrer Stimme sprach jetzt nackte Angst.

»Vielleicht.« Er schnaubte verächtlich. »Vielleicht auch nicht. Auf jeden Fall verschafft es dir einen Vorsprung. Lauf so schnell wie möglich ins Tal hinunter, zum Fluß. Dort gibt es sicher bessere Verstecke als hier oben.«

Sie wollte abermals widersprechen, doch Hagen gab ihr einen Stoß, der sie nach hinten von Paladins Rücken schob. Mit einem Keuchen fiel sie zu Boden.

»Tu das nicht, Hagen!« flehte sie.

Er tastete nach den Zügeln und wies den Hengst in eine Richtung, von der er annahm, es sei die richtige. »Viel Glück!«

Nimmermehr bekam ihn am Unterarm zu fassen.

So schnell! durchzuckte es ihn.

»Warte noch!« raunte sie ihm zu und zerrte an etwas, das hinter ihm am Sattel befestigt war. »Hier«, sagte sie schließlich, »leg das um.«

Sie preßte etwas Weiches aus Stoff an sein Bein.

»Was ist das?«

»Ein Umhang. Nimm ihn. Er wird dir Glück bringen.«

Hagen schüttelte den Mantel auseinander und warf ihn sich über die Schultern. Der Kragen war mit langen, borstigen Vogelfedern besetzt. Rabenfedern, dachte er aus einem vagen Gefühl heraus.

Ohne ein weiteres Wort trat er dem Pferd in die Flanken. Paladin setzte sich in Bewegung, sprang überhastet die Böschung hinunter. Einen Moment lang kämpfte Hagen um sein Gleichgewicht, dann fing er sich wieder. Nach einigen Schritten brachte er das Tier zum Stehen, in der Hoffnung, sich ungefähr in der Mitte des ausgetrockneten Flußbettes zu befinden. Er sandte ein stummes Stoßgebet zu den Göttern, daß er nicht in die falsche Richtung blickte, als er laut rief:

»Halt! Wer da?« Er vertraute darauf, daß die anderen noch weit genug entfernt waren, als daß sie in der Dunkelheit seine Blindheit hätten erkennen können.

Stille legte sich über die Senke, als die Verfolger ihre Pferde zügelten. Hagen nutzte den günstigen Moment, um seinen Helm aufzusetzen und – ein wenig unbeholfen – das Schwert aus der Scheide zu ziehen. Er legte es vor sich über den Sattel, um klarzumachen, daß er niemanden herausfordern wollte.

Nie zuvor in seinem Leben hatte er sich so erbärmlich, so vollkommen hilflos gefühlt. Er vergaß Nimmermehr, vergaß alles andere, konnte nur noch daran denken, daß in jedem Augenblick eine Schwertklinge heranzucken und ihn töten konnte. Und er würde sie nicht einmal kommen sehen.

»Wer seid Ihr?« ertönte plötzlich eine Stimme. Ziemlich weit entfernt, den Göttern sei Dank!

»Ein Ritter!« Eine Lüge. »Und Ihr?«

Die Hufe schepperten wieder über das Gestein, die Reiter kamen näher.

»Haltet ein!« Hagen gab sich Mühe, eine düstere Drohung in seinen Tonfall zu legen. Offenbar mit Erfolg, denn die anderen hielten abermals an. »Sagt mir erst, wer Ihr seid und was Ihr im Schilde führt.«

Dieselbe Stimme, die eben schon gesprochen hatte, meldete sich erneut zu Wort: »Es ist eine üble Gegend, und eine noch üblere Zeit. Ich würde gerne einen Blick auf Euch werfen, bevor ich Euch Vertrauen schenke.«

»Erst Eure Namen und Eure Bestimmung!« verlangte Hagen beharrlich.

Schweigen, dann: »Also gut.« Der Mann klang keineswegs überzeugt. Es war nicht zu überhören, daß er Angst hatte. Hagen entspannte sich ein wenig.

»Meine Leute bleiben zurück, und ich komme näher. Wir werden reden, nur wir beide. Seid Ihr einverstanden?«

»Und Euer Name?«

»Runold, auf dem Weg nach Zunderwald.«

Hagen wußte, daß er nun keine andere Wahl mehr hatte, als den Mann herankommen zu lassen. Er wandte den Kopf so gut es ging der Stimme entgegen. »Kommt«, rief er dann und fügte hinzu: »Langsam.«

Ein einzelnes Pferd trottete heran, blieb kurz vor ihm stehen. Raben krächzten ganz in der Nähe. Etwas flatterte. Er war nicht sicher, ob es die Federn seines Kragens oder nahe Vogelschwingen waren.

Runold blieb lange Zeit still. Offenbar bemühte er sich, Hagen in der Dunkelheit so genau wie möglich zu betrachten. Als er schließlich wieder sprach, klang neue Ehrfurcht aus seiner Stimme: »Verzeiht, wenn wir Euren Unmut herausgefordert haben, Herr«, sagte er unterwürfig. »Ich ... ich ahnte ja nicht, daß Ihr es seid.«

Hagen war sicher, daß er niemanden mit dem Namen Runold kannte. Andererseits hatte er an der Seite so vieler Männer gekämpft, deren Namen er nie erfahren hatte, daß dieser hier durchaus einer von ihnen sein mochte. Die Stimme jedenfalls war ihm fremd; sie verriet, daß Runold schon älter sein mußte. »Sollte ich Euch kennen?« fragte Hagen unsicher.

»Nicht mich, Herr«, gab der andere zurück. »Ich bin nur ein fahrender Gaukler, nichts sonst. Ganz unbedeutend neben Eurer Größe.«

Was faselte der Kerl da? Sein Unbehagen stieg.

»Was sagtet Ihr, wohin Euch Euer Weg führt?«

»Nach Zunderwald. Ein Dorf unten am Strom. Wir wollen die Leute dort mit unseren Künsten unterhalten.«

»Künsten oder Kunststücken?«

»Wie immer Ihr es nennen mögt, Herr.«

Runold verlangte nicht länger, daß Hagen seinen Namen nannte – und daß, obgleich er doch eben noch so voller Mißtrauen gewesen war. Hagen entschied, daß es an der Zeit war, diese Begegnung zu einem Ende zu bringen.

»Ihr habt nicht vielleicht ein wenig Wegzehrung, die Ihr einem hungrigen Fremden abtreten könntet?« Hagen schämte sich, fühlte sich jetzt schon wie die blinden Bettler in den Gassen, aber er wußte keine andere Möglichkeit, seinen Hunger zu stillen.

Verwunderung schwang in Runolds Stimme. »Nicht viel, Herr. Aber wenn Ihr etwas davon benötigt, so wollen wir gerne mit Euch teilen.«

»Die Götter werden Euch Eure Freundlichkeit vergelten«, sagte Hagen.

»Die Götter, Herr?«

»Seid Ihr Christen?« Hagen zog scharf die Luft ein, um seinen Unmut zu zeigen. »Nun, sicher wird der Christengott Eure Güte ebenso zu schätzen wissen.«

»O nein, Herr, keiner von uns ist getauft, das ist es nicht.« Runold stockte und rang hörbar um die richtigen Worte. »Aber ... seid Ihr denn nicht der, der Ihr scheint?«

Hagen war durch Runolds merkwürdiges Verhalten – seine Scheu, die sich in Ergebenheit und nun wieder in Zweifel gewandelt hatte – mehr als verwirrt. Die Tatsache, daß er das Gesicht des anderen nicht sehen, nicht in seinem Ausdruck lesen konnte, verstörte ihn zutiefst.

»Wer glaubt Ihr denn, daß ich bin?« fragte er mit betonter Härte.

»Nun, ich...«, stammelte Runold. »Wißt Ihr, die Raben auf Euren Schultern...«

Die Raben auf meinen Schultern? Etwas in Hagens Kopf schlug Alarm. Vermochte die Dunkelheit den Alten so zu täuschen, daß er den Federkragen für lebende Vögel hielt?

Hagen horchte abermals auf das Krächzen. Es klang sehr nahe, fast an seinem Ohr. Aber ein Helm konnte Geräusche verzerren.

»Man hört nur von einem, der solche Macht über Raben besitzt«, sagte Runold.

Hagen schob alle Vorbehalte von sich. In seiner Lage mußte er jeden Vorteil nutzen, und wenn eine Täuschung ihm Macht über Runold und die seinen verlieh, nun gut, dann würde er sie nicht verschmähen. »Ihr habt recht«, sagte er kalt. »Ich bin der, für den Ihr mich haltet.«

Runold zögerte noch einen Moment, dann klang seine Stimme erfreut. »Ich wußte es gleich, als ich bemerkte, daß Euer Augenlicht nicht das beste ist.«

Und da verstand Hagen, worauf Runold hinaus wollte.

Aber das konnte doch nicht wirklich sein Ernst sein? Unmöglich.

Und doch war es so.

»Ich beuge mein Haupt vor Wodan, dem Herrn aller Götter«, sagte Runold. »Bitte, Herr, erweist mir die Gnade meiner Familie berichten zu dürfen, daß ihr wieder unter uns Menschen wandelt.«

Der Alte war verrückt, kein Zweifel. Vollkommen wirr im Kopf. Doch wenn das zu Hagens Vorteil war, hatte er nichts daran auszusetzen. Fraglich blieb, ob auch die anderen dieser Wahnvorstellung Glauben schenken würden; wie es schien, hatte er gar keine andere Wahl, als es darauf ankommen zu lassen.

Wodan, Oberhaupt der Götter, der während seiner Wege im Reich der Menschen als einäugiger Krieger umherzieht, gefolgt von seinen Raben, auf jeder Schulter einer. Der Graue Wanderer, der am Abend als ferner Schemen über Hügelkuppen geistert.

Der Gedanke war so abenteuerlich, so durch und durch irrsinnig, daß Hagen sich unter dem Helm ein Lachen verkniff.

Seine Verwirrung aber mehrte sich, als die übrigen Gaukler herankamen – jene, die Runold »meine Familie« genannt hatte. Es war unmöglich, aus dem Getuschel und dem Schlagen der Hufe heraushören, wie viele es waren. Hagen schätzte sie grob auf ein Dutzend, vielleicht ein oder zwei mehr. Sie hatten mindestens einen Pferdewagen dabei.

Zu Hagens Verblüffung glaubten sie Runold jedes Wort. Nicht einer äußerte Zweifel, nicht einer hatte Einwände.

Die Gaukler nahmen Paladin und seinen geheimnisvollen Reiter in ihre Mitte, reichten ihm Fladenbrot und Milch und schienen sich nicht im mindesten über seine offensichtliche Blindheit zu wundern. Schaukelnd setzte sich der Zug in Bewegung, schob sich knirschend und krachend durch die Nacht.

Hagen wurde von der Liebenswürdigkeit seiner Gastgeber überrumpelt und begann schon nach kurzer Zeit, sich in seiner Rolle recht wohl zu fühlen. Er überlegte, was wohl ein Gott in seiner Lage tun würde, um die Menschen bei Laune zu halten, und so beschloß er, ihnen Rätsel aufzugeben.

»Was wird auf der Erde geboren«, fragte er, »und stirbt im Himmel?«

Es gab viele Vermutungen, doch als Runold schließlich die Antwort fand – »Rauch« –, da klatschten die Gaukler begeistert Beifall.

Hagen kam sich albern vor. Nimmermehr, dachte er verzweifelt, wo bist du, wenn ich dich brauche?

Die Gaukler forderten weitere Rätsel, und er stellte ihnen eines, das schwieriger war: »Der Tote begräbt den Lebenden. Wer ist der Tote, wer der Lebende?«

Wieder gab es viele Mutmaßungen, und nach einigem Hin und Her erklärte Runold gelassen: »Asche und Feuer.«

Hagen hatte den Eindruck, als hätte Runold absichtlich die Fehlschläge der anderen abgewartet, damit sein eigener Triumph noch größer war. Wieder jubelten die Gaukler ihrem Anführer zu.

»Nicht schlecht«, sprach Hagen mißmutig. »Hier ist noch eines: Kein Meer ist es und macht doch Wogen, kein Schaf ist es und wird geschoren, kein Schwein ist es und hat doch Stoppeln.« Das war nun beileibe nicht schwer, und Hagen hoffte, daß einer der anderen die richtige Antwort finden würde, bevor Runold sich einmischte.

Viel Gemurmel gab es, viele falsche Ahnungen, dann sagte Runold: »Ein Kornfeld.« Jetzt klang er fast gelangweilt.

Waren denn diese Leute wirklich so schwer von Begriff? Hagen versuchte es ein viertes Mal. »Zwei treffliche Pferde, das eine schwarz wie Pech, das andere hell wie Kristall; sie laufen eilend voreinander her, aber niemals erreicht das eine das andere.«

Murren, Brummen, ein paar dumme Antworten.

Nach einer Weile sagte Runold: »Es sind Tag und Nacht. Das war leicht.«

»Mehr, mehr!« rief jemand. Andere pflichteten bei.

Auch Runold sagte: »Bitte, Herr, stellt mich noch einmal auf die Probe.«

Er sagte »mich«, nicht »uns«.

Hagen zögerte, dann nickte er. »Überlegt gut, denn es ist das letzte Rätsel, das ich Euch aufgeben will.« Er schwieg einen Augenblick, bevor er unheilschwanger fortfuhr: »Was kann der nicht geben, der es hat?«

Keiner sagte etwas, alle taten wohl, als dächten sie nach. Doch Hagen war jetzt sicher, daß der einzige Grund ihres Zögerns ihr Respekt vor Runold war; sie wagten nicht, ihrem Anführer zuvorzukommen.

Ich muß auf der Hut sein, dachte er düster. Und zugleich erinnerte er sich an die Gauklertruppen, die er früher getroffen hatte; sie alle waren am hellichten Tage, unter Tanz und Fanfaren, von Stadt zu Stadt gezogen.

Diese hier aber ritten bei Dunkelheit, wenn niemand sie sah. Etwas hatte ihnen den Frohsinn ausgetrieben. Sie scherzten nicht und tanzten nicht und sangen keine Lieder.

Da löste Runold das Rätsel.

Er sagte dumpf: »Der Tod.«

Kapitel 4

Hagens Ausflug zur Eiche hatte zur Folge, daß er eine weitere Woche im Bett zubringen mußte, eingesperrt in seiner Kammer, warmherzig umsorgt von Tilda, der Amme. Sie brachte ihm heiße Milch mit Honig, Brot und herzhaftes Fleisch und einmal sogar süßes Gebäck, das der Mundschenk für ihn hatte bakken lassen. Hagens Vater, Graf Adalmar, kam jeden Abend vorbei, um nach ihm zu schauen, Dankwart sogar noch öfter, nur seine Mutter ließ sich nicht sehen. Wahrscheinlich war sie bei Viggo in der Kapelle und betete Rosenkränze für Hagens Genesung – so ihr überhaupt daran lag.

Im großen und ganzen erging es ihm während dieser Woche nicht schlecht, doch die Tatsache, daß die Tür verriegelt war, grämte ihn zutiefst. Die Aussicht aus dem einzigen Fenster, schmal und hoch wie eine Schießscharte, endete nach wenigen Schritten vor hohen Kiefern, die den Blick auf den Wald, den Fluß und die Klippe versperrten. Und auf den Baum, seinen Baum.

Am Abend des sechsten Tages bat er den Grafen: »Vater, ich würde gerne meine Eiche sehen können. Ich spüre, wie sie nach mir ruft. Ich muß sie sehen.«

Adalmars Gesicht umwölkte sich, denn es gefiel ihm nicht, daß ein Baum solche Macht über seinen Sohn hatte. Trotzdem beriet er sich mit Bärbart darüber und ließ sich von ihm überzeugen, daß alles zum Besten stünde.

Schon am nächsten Morgen wurde Hagen vom Lärm heftiger Axthiebe geweckt. Am Mittag schließlich lagen drei der Bäume gefällt neben dem Burggraben, und die Sicht war endlich frei.

Die Klippe ragte grau und spitz jenseits des Waldstreifens empor, und obenauf stand, wie die Warze auf Tildas Nase, Hagens alte Eiche. Er versuchte, den Spalt zu erkennen, doch die Entfernung war zu groß. Er spürte, daß das Stück Nacht noch immer im

Baumstamm festhing, und darin, wie ein Edelstein auf schwarzem Stoff, ein winziger Splitter der Zeit.

Ob die Zeit sich ebenso eingesperrt fühlte wie er selbst in seiner Kammer? Etwas, das so uralt war wie sie, mußte die Gefangenschaft doch tausendmal schlimmer empfinden als er, der er nur ein Kind war und den Geschmack der Freiheit erst seit wenigen Jahren kannte! So seltsam es klang, plötzlich fühlte Hagen Mitleid mit der Zeit, mit jenem einsamen Augenblick, der aus seinem Gefüge gerissen und in einen Baum gesperrt worden war.

Und er fragte sich auch, ob das, was dem Baum und der Nacht und der Zeit angetan worden war, nur um einen kleinen Jungen zu heilen, wirklich richtig gewesen war.

Während er noch hinüber zur Klippe blickte, wurde er mit einemmal einer Bewegung gewahr, unten im Schatten des Waldes, nicht weit entfernt vom Ufer. Das Hochwasser war fast völlig zurückgegangen, der Rhein floß wieder in seinem angestammten Bett, und so verstieß die Gestalt dort unten nicht mehr gegen Adalmars Verbot, als sie sich so nahe am Fluß aufhielt.

Dankwart tat irgend etwas am Fuß einer Buche, unweit der einstigen Hochwassergrenze. Hagen blinzelte, um seinen Bruder besser erkennen zu können. Ja, er täuschte sich nicht: Es war Dankwart, und er grub etwas mit bloßen Händen aus der Erde.

Dabei schaute er immer wieder verstohlenen Blickes in die Umgebung. Widerwillig trat Hagen einen Schritt zurück in den Schatten seiner Kammer, damit sein Bruder ihn nicht am Fenster entdeckte. Obwohl er keine Einzelheiten erkennen konnte, so hatte er doch nicht die geringsten Zweifel, was Dankwart dort unten versteckt hatte.

Unbändige Wut überkam ihn. Er spürte, wie sich Hitze in ihm breitmachte, so als setze der Zorn sein Inneres in Brand. Sein eigener Bruder hatte ihn bestohlen!

Starr blickte Hagen den Hang hinab, sah zu, wie Dankwart fündig wurde und ein hellbraunes Bündel zwischen den Wurzelsträngen hervorzog. Er öffnete es und wandte dabei Hagen den Rücken zu, so daß dieser nicht erkennen konnte, was sich darin befand.

Mein Gold! dachte Hagen immer wieder. Dieser Hundsfott hat mein Gold gestohlen!

Die Buche, an deren Fuß Dankwart kniete, war viele Mannslängen vom Baum der Zweiten Geburt entfernt. Doch als jetzt ein Wind aufkam, wandten sich die Äste der Eiche knarrend in Dankwarts Richtung, als wollten sie mit spitzen Zweigen nach ihm greifen.

Dankwart bemerkte es nicht, nahm überhaupt nichts um sich herum wahr. Er schien große Angst zu haben. Hagen wunderte sich, daß sein Bruder nicht zu seinem Fenster heraufblickte. Vor wem, wenn nicht vor Hagen, mußte er sich fürchten?

Irgend etwas stimmte nicht. Dankwart knüllte das Bündel zusammen, sprang auf und lief eilig Richtung Rheinufer. Auf dem Weg dorthin passierte er eine Mauer aus Tannen, die zwischen ihm und der Burg stand wie eine Reihe finsterer Wachtposten. Dahinter verschwand er aus Hagens Blickfeld.

Abermals ließ der Wind die Zweige der Eiche erbeben. Sie erinnerten Hagen an die ausgestreckten Hände einer Menschenmasse, die einer Hinrichtung entgegenfieberte.

Wo blieb Dankwart? Er hätte längst das andere Ende der Tannenmauer erreicht haben müssen.

Der Uferhang jenseits der Bäume blieb leer. Keine Spur von Dankwart.

Ein seltsames Gefühl beschlich Hagen, verdrängte seine Wut. Eine merkwürdige Mischung aus Furcht und angespannter Erwartung. Plötzlich wußte er, daß etwas geschehen würde. Und er war nicht sicher, ob er dabei zusehen wollte.

Ein Knirschen kroch über die Waldwipfel zum Fenster. Die Eichenzweige! Ihr morsches Reiben und Brechen drang bis zur Burg herauf, bis in Hagens Kammer, direkt an sein Ohr.

Ein Schemen lenkte seine Aufmerksamkeit von der Eiche zurück zum Spalier der Tannenwächter.

Da – sein Bruder lief den Hang hinunter! Er humpelte leicht, mußte hinter den Bäumen gestolpert sein. Über seinem rechten Knie war das Beinkleid zerrissen. Noch gut zehn Schritte, dann würde er am Ufer sein. Er lief so schnell er konnte, schaute sich nicht um. Falls etwas hinter ihm her war, so hatte er es noch nicht bemerkt.

Ein Rauschen lief durch die Reihe der Tannen. Der Wind, vielleicht – oder etwas, das sich von Stamm zu Stamm hangelte, rasend schnell im Schutz der Zweige.

Dankwart erreichte das Ufer. Die Strömung leckte zu seinen Füßen empor, schäumte vor Wut, als sie ihn nicht zu packen bekam.

Dankwart ergriff das Bündel mit der Rechten, holte weit damit aus.

Ein irres Kreischen gellte über den Wald.

Auch Hagen schrie. »Nein!« brüllte er aus dem Fenster, ein langgezogener Laut voller Zorn und Enttäuschung.

Das Bündel raste nach vorne. Der braune Sack sauste über das Wasser hinweg, noch in der Luft löste sich der Knoten. Gold regnete auf die Oberfläche herab, Geschmeide aller Art, grell und funkelnd. Wie Sternschnuppen sausten die Schmuckstücke über das Grau der Wellen, klatschten auf, versanken. Das zerfetzte Bündel fiel als letztes ins Wasser, wurde ebenso verschluckt wie sein Inhalt.

Die Tannen erstarrten im selben Augenblick. Ein Zittern durchlief die Krone der Eiche, dann erschlafften auch ihre Äste. Der Wind heulte weiter um die Burg, über die Wälder und den Fluß, aber er vermochte weder Eiche noch Tannen so zu bewegen wie noch vor wenigen Augenblicken.

Dankwart sackte am Ufer zusammen, sein Blick löste sich von der Oberfläche und huschte herauf zu Hagens Fenster.

Die beiden Brüder starrten sich stumm in die Augen.

Hinter Hagen flog mit einem Krachen die Tür auf.

❧

»Ist Bärbart bei dir?«

Es war sein Vater, und er wirkte besorgt. Sein Gesicht war gerötet. Hinter ihm auf dem Gang standen zwei Männer seiner Leibgarde, die Hände an den Schwertgriffen.

Ehe Hagen noch aus seiner Erstarrung erwachen, den Schreck überwinden konnte, gab Adalmar sich selbst die Antwort: »Nein, offenbar nicht.« Trotzdem sah er sich eingehend um, als erwartete er ernsthaft, Bärbart habe sich unter Hagens Lager versteckt.

»War er hier?« fragte er schließlich. Er sah aus, als

würde er ein Nein nicht akzeptieren, so zornig war sein Blick.

Hagen fand allmählich zurück zu sich selbst. »Nein«, stammelte er. »Nein, er war nicht bei mir. Was ist geschehen?«

Adalmar drängte an Hagen vorbei zum Fenster, schaute mit wildem Blick hinaus und stapfte wütend zurück zur Tür. »Bärbart ist fort. In Luft aufgelöst!«

Hagen versuchte, seinen Schmerz über den Verlust des Goldes zu überspielen. Bärbarts Verschwinden kümmerte ihn nicht, er hatte ihn nie gemocht. »Fort? Einfach so?«

»Vorher hat er noch mit Viggo gesprochen.«

»Mit *Viggo*?« Das war allerdings eigenartig; Bärbart und der Pfaffe hatten sich gehaßt.

»Bärbart hat ihm gesagt, es sei an der Zeit, daß er uns verläßt. Viggo behauptet, Bärbart habe ganz offensichtlich vor etwas Angst gehabt, er sei fahrig und unbeherrscht gewesen.«

»Ich glaube nicht, daß Bärbart Viggo gegenüber jemals beherrscht war.«

Adalmar hob eine Augenbraue. »Das hier ist kein Spaß, Junge«, sagte er scharf.

Hagen zuckte zusammen. »Natürlich nicht, Vater.«

»Bärbart hat Viggo aufgetragen, mir eine Nachricht zu übermitteln, einen gutgemeinten Rat.« Der

Graf atmete tief durch, als hätte er die Worte noch immer nicht verkraftet. »Bärbart hat gesagt, ich soll dich töten, Hagen!«

Hagen ließ sich gegen die Mauer sinken, schloß die Augen. Schwindel überkam ihn. Er sah wieder das Gold über den Fluß trudeln, sah es versinken in einem grauen Mahlstrom, rund und rund und rund.

»Mich... töten?« brachte er stockend hervor.

»Ja.« Adalmar klang hart, Verbitterung sprach aus seiner Stimme. »Es sei sein letzter Rat an mich, hat er gesagt. Verflucht, kannst du dir das vorstellen?« Jetzt schrie er, daß sogar die Wachen auf dem Flur zusammenfuhren. »Mein engster Berater verlangt von mir, meinen eigenen Sohn zu ermorden!«

Ganz kurz überkam Hagen die Gewißheit, daß sein Vater nur deshalb hier war: um Bärbarts Rat in die Tat umzusetzen. Er würde die beiden Männer hereinwinken, damit sie Hagen erschlugen. Doch der Graf drückte seinen Sohn fest an die breite Brust, fuhr ihm mit der Rechten übers Haar, dann drehte er sich um und verließ die Kammer. Hagen hörte, wie er mit seiner Garde davonstürmte, um Bärbart anderswo zu suchen.

Dabei vergaß er, den Riegel vorzuschieben.

Erst später kam Hagen die Ahnung, daß sein Vater die Tür in voller Absicht offengelassen hatte.

Vielleicht hatte er gehofft, Hagen würde fliehen, würde fortgehen aus der Burg, fort aus den Landen derer von Tronje. Was immer Bärbarts Befürchtungen gewesen waren, sie wären damit hinfällig geworden.

Doch Hagen blieb. Zwar trat er aus der Kammer, die drei Wochen lang – mit einer kurzen Unterbrechung – sein Gefängnis gewesen war. Aber er stieg nicht die Treppen hinab, um die Burg zu verlassen. Ganz im Gegenteil: Er lief die Stufen zum höchsten Turm hinauf, die unteren aus Stein, die letzten aus knarrendem Holz. Durch eine Luke kletterte er schließlich ins Freie.

Dankwart hockte vor den Zinnen, die Knie angezogen, den Rücken gegen die Mauer gepreßt. Die Abschürfung unter seinem zerrissenen Hosenbein blutete noch immer, ganz schwach. Er war nicht überrascht. Er sah zu, wie Hagen aus der Falltür stieg und sich vom düsteren Himmel abhob wie ein Riese. Dies hier war immer ihr Lieblingsort gewesen, hier hatten sie gespielt, gelacht, gestritten.

Diesmal stritten sie nicht. Sie lachten auch nicht.

Hagen ließ sich stumm auf der anderen Seite der Zinnenkrone nieder, hockte sich genauso hin wie sein Bruder, und so saßen sie sich gegenüber, zwei Kinder mit den Gedanken von Erwachsenen.

Über ihnen schwebten Wolken dem trüben Horizont entgegen wie riesige Schwärme von Zugvögeln. Weit, weit unter ihnen toste der Fluß.

Als das Schweigen lauter wurde als jeder Wutausbruch, sagte Hagen: »Bärbart hat es so gewollt, nicht wahr?« Er sprach sehr leise, so daß Dankwart die Worte gerade noch verstehen konnte.

»Er kam zu mir.« Dankwarts Gesicht war bleich, als wäre es aus Wolken geformt. »Er sprach über dich, über viele Dinge, auch über das Gold. Er hat mir vom Siebenschläfer erzählt.«

Hagen rieb sich mit den Fingern durch die Augen. »Vom Siebenschläfer?« fragte er verständnislos.

»Das Gold gehörte ihm«, sagte Dankwart. »Du hast es ihm gestohlen.«

»Du hast Bärbart von den Tannen im Wasser erzählt?«

»Ich konnte nicht anders. Ich hatte Angst um dich.«

Hagen blickte seinem Bruder eingehend in die Augen, beobachtete jede seiner Regungen, um festzustellen, ob Dankwart die Wahrheit sagte.

Es gab nicht das geringste Anzeichen einer Lüge.

»Warum hast du mir nicht gesagt, daß du das Gold hast?« fragte Hagen.

»Weil ich es für mich haben wollte, Dummkopf. Warum sonst?«

Hagen blinzelte. »Aber du hast Angst bekommen – nicht um mich, sondern um dich selbst. So war es doch, oder?«

Aus der Tiefe des Burghofs drangen Rufe herauf. Immer noch suchte man nach Bärbart. Offenbar wollte Adalmar nicht glauben, daß sein Berater wirklich fortgegangen war. Möglicherweise fürchtete er auch, Bärbart könnte sich im Schloß verstekken, um Hagen später mit eigener Hand zu töten.

»So einfach war es nicht«, sagte Dankwart. Er erwiderte Hagens stechende Blicke ernsthaft, aber ohne Trotz. »Ich habe Bärbart erzählt, was du erlebt hast. Heute morgen erst. Er wurde aschfahl im Gesicht. Ich habe nie erlebt, daß jemand so erschrocken aussah, nicht mal Tilda, als wir ihr die tote Ratte unters Kissen geschoben haben.« Er kicherte, aber Hagen blieb ernst. Dankwart fuhr fort: »Bärbart wollte das Gold mit eigenen Augen sehen, aber ich habe nein gesagt. Ich dachte, er wollte es stehlen. Da hat er gesagt, ich müsse es in den Fluß werfen, zurück zum Siebenschläfer. Es sei verflucht, hat er gesagt, und wir alle mit ihm. Vor allem du.«

Hagen zog eine verächtliche Grimasse. »Und das hast du ihm geglaubt?«

»Nicht sofort. Ich bin vor ihm fortgelaufen, ich dachte, er würde das Versteck des Goldes aus mir herausprügeln. Dann sah ich vom Gang aus, wie Bärbart seine Kammer verließ. Ich dachte, er würde wohl zu Vater gehen und ihm alles erzählen. Das hat mir wirklich angst gemacht, mehr als alles, was Bärbart bis dahin gesagt hatte. Deshalb bin ich ihm nachgeschlichen, um zu hören, wieviel er Vater verraten würde. Du kannst dir vorstellen, wie überrascht ich war, als er hinunter in die Kerker stieg, in Viggos Kapelle. Bis dahin hatte ich geglaubt, er wüßte nicht einmal den Weg dorthin. Der Pfaffe hat ihn erst beleidigt, hat irgendwas von Entweihung eines heiligen Ortes gefaselt. Na, du kennst ihn ja.«

»Nicht so gut wie Mutter.«

»Irgendwann hat Viggo sich beruhigt. Und dann hat Bärbart ihm gesagt, daß er die Burg verlassen würde. Es sei nicht mehr sicher hier, hat er gesagt, alle würden bald sterben.«

»Hat er gesagt warum?«

»Wegen dir.«

»Das dachte ich mir.«

Dankwart sah ihn einen Moment lang erschrocken an, dann schweifte sein Blick von Hagens Gesicht über die Zinnen hinweg in den Himmel. Ein Raubvogel kreiste mit weiten Schwingen um den Turm.

»Bärbart hat gesagt, du hast den Fluch des Siebenschläfers auf dich geladen«, sagte Dankwart. »Und auf uns. Auf alle hier. Viggo täte gut daran, ebenfalls zu fliehen, hat Bärbart ihm geraten.«

»Wahrscheinlich wollte er ihn nur überzeugen, wie wichtig es sei, daß ich sterbe.«

Dankwarts Kopf ruckte hoch. »Dann weißt du es schon?«

»Vater war bei mir.«

»Etwa um –«

»Vielleicht«, unterbrach Hagen ihn ruhig. »Aber er hat es nicht getan, wie du siehst.« Er hörte sich sprechen wie einen Fremden und zweifelte einen Herzschlag lang, ob es wirklich er selbst war, der da redete.

Auch Dankwart wunderte sich über Hagens Gelassenheit. Eine Spur von Mißtrauen lag in seiner Stimme, als er fortfuhr: »Bärbart hat Viggo aufgetragen, er müsse Vater ausrichten, wie wichtig es für alle sei, daß du getötet wirst. Dabei warst du doch immer sein Liebling.«

»Ich konnte ihn genausowenig leiden wie du.«

»Aber er hat dich für den besseren Erben der Grafschaft gehalten«, sagte Dankwart bedrückt. »So wie alle es tun.«

»Hast du deshalb das Gold genommen? Aus Furcht, Vater könnte dich verstoßen, wenn er auf die anderen hören würde?«

Dankwart gab darauf keine Antwort. Es war nicht nötig. Statt dessen blickte er betreten auf seine Stiefel und sagte: »Ich dachte, wenn das Gold fort ist, dann verschwindet auch der Fluch. Zumindest hätte es dann keine Beweise mehr gegeben für das, was Bärbart gesagt hat. Ich hoffte, Vater würde ihm dann nicht mehr glauben und dich am Leben lassen.« Zum ersten Mal sprach Verzweiflung aus einer Stimme, er redete immer schneller, ohne Pausen. »Vater tut doch sonst immer alles, was Bärbart sagt, und ich habe Angst gehabt, er könnte dich wirklich töten, nur wegen einem Bündel voll Gold, und dann wäre ich ganz alleine gewesen, und alle hätten mich nur noch mehr verabscheut, hätten mir vielleicht gar die Schuld an allem gegeben, wer weiß?«

Hagen schloß einen Atemzug lang die Augen, dann kroch er auf Dankwart zu und legte den Arm um die Schultern seines Bruders. Dankwart blickte zu Boden, er weinte. Hagen hatte ihn seit Jahren nicht mehr weinen sehen, nicht seit ihr Vater ihn im Zorn angebrüllt hatte, daß niemals ein so tapferer Ritter aus ihm werden würde wie dereinst aus Hagen. Damals hatten ihn Dankwarts Tränen geschmerzt wie Nadelstiche.

»Es ist gut«, sagte er jetzt, denn er spürte erneut, daß er es nicht ertragen konnte, wenn Dankwart weinte. »Ich lebe ja noch, und Bärbart ist fort, hoffentlich für immer. Und das Gold« – er zögerte einen Augenblick lang – »das Gold liegt auf dem Grund des Flusses.«

Dankwart wischte sich die Tränen von den Wangen. »Was ist mit dem Siebenschläfer?«

»Was soll mit ihm sein? Glaubst du wirklich daran?« Hagen bemühte sich, die eisige Kälte, die in ihm aufstieg, zu unterdrücken. Der Siebenschläfer – vielleicht war er wirklich schon in ihm, zornig über den Diebstahl seiner Schätze.

»Viggo hat Bärbart ausgelacht, als er davon sprach«, sagte Dankwart. Seine Augen waren rot, aber wenigstens weinte er nicht mehr. »Bärbart hat ihn angebrüllt, der Siebenschläfer sei keine Erfindung alter Weiber, es gebe ihn wirklich, ganz tief unten im Wasser des Rheines. ›Er ist selbst schon wie der Fluß‹, hat er gesagt, ›kalt und finster und reißend wie ein wildes Tier‹.«

Hagen löste sich von Dankwart und zog sich an einer Zinne auf die Füße. Über die Mauerzacken hinweg starrte er hinab auf das farblose Band des Flusses. Es verschwand im Norden und Süden hinter fahlgrünen Berghängen. Von hier oben war die Strömung kaum auszumachen, der Fluß sah so friedlich aus; er lockte Hagen, sich über die Zinnen zu schwingen, hinabzuspringen ins Leere und, vielleicht, tief ins kalte Wasser zu tauchen. Dorthin, wo sein Gold war, hinab zu den Klüften der Rheintöchter.

Dankwarts Hand legte sich auf Hagens Schulter und zog ihn zurück in die Wirklichkeit. »Was weißt du über den Siebenschläfer?«

Der jammernde Wind drohte Hagens Worte von

den Lippen zu pflücken wie faule Früchte. »Er ist ein Gespenst, der Geist von sieben goldgierigen Räubern, die in ihrer Höhle vom Hochwasser überrascht wurden, vor vielen, vielen Jahren. Manche Bauern bringen ihm Opfer dar, wenn der Rhein über die Ufer tritt. Sie glauben, der Siebenschläfer könne den Fluß beruhigen.«

Dankwart stützte sich mit dem Ellbogen auf eine Zinne, zog den Arm aber schnell zurück, als er bemerkte, wie kalt das Gestein war. »Ich meinte nicht die Legende. Ich wollte wissen, was du über den Siebenschläfer *weißt*.«

»Du denkst, ich hätte ihn wirklich getroffen?« Hagen schüttelte verwundert der Kopf. »Du schenkst Bärbarts Worten mehr Glauben als denen deines Bruders?« Er schnaubte verbittert und schaute abermals in die Tiefe. »Sag mir die Wahrheit, Dankwart, was hat Bärbart noch zu dir gesagt, bevor er sich bei Viggo ausgeheult hat?« Ganz kurz durchzuckte ihn beim Wort »heulen« ein Anflug von Schuldgefühl; es war unrecht, es als Beleidigung zu benutzen, wenn Dankwarts eigene Tränen kaum getrocknet waren.

Dankwart sah an Hagen vorbei, sein Blick folgte dem kreisenden Raubvogel. »Er hat gesagt, wenn ein Geist einen Menschen trifft, dann weiß er im gleichen Augenblick alles über ihn. Er kennt die Freunde des Menschen, seine Familie, sogar seine geheimsten Gedanken. Einfach alles. Und manchen Geistern gefalle es, einem Menschen all diese Dinge wegzunehmen. Bärbart hat gesagt, der Siebenschläfer ist so ein Geist. Erst würde er mich töten, dann Vater und Mutter, alle anderen in der Burg, und ganz zum Schluß, wenn du ihn darum bittest, auch dich.«

»So weit wird es nicht kommen«, widersprach Hagen. »Wir werden den Siebenschläfer vernichten, du und ich.«

Sein Bruder schüttelte traurig den Kopf. »Bärbart hat gesagt, nur ein Geist kann einen anderen Geist zerstören. Menschen haben nicht die Macht dazu.«

»Bärbart hat gesagt, Bärbart hat gesagt«, äffte Hagen ihn zornig nach. »Irgendwas wird uns schon einfallen.«

»Vielleicht reicht es ja, daß er sein Gold zurückbekommen hat.«

Hagen schaute wieder zum Fluß hinunter, auf die Stelle, an der Dankwart das Gold in die Wogen geschleudert hatte. War der Siebenschläfer jetzt irgendwo dort unten? Hörte er jedes ihrer Worte?

Standhaft faßte er einen Entschluß. »Ich werde hinuntergehen und mit ihm reden.«

Dankwarts Unterkiefer klappte herunter. »Mit dem Siebenschläfer? Bist du verrückt geworden?«

»Mit ihm«, sagte Hagen grimmig, »oder mit dem Fluß. Einer von beiden wird mir schon zuhören.«

❦

In der Nacht schlich er sich aus der Burg.

Ungesehen ins Freie zu gelangen war keineswegs einfach, denn der Graf hatte nach Bärbarts Verschwinden die Wachen an den Toren und oben auf den Wehrgängen verdoppeln lassen. Aber Hagen kannte alle geheimen, unbewachten Winkel des Gemäuers, und er wußte, wie man in ihrem Schatten nach draußen gelangte. Allerdings brauchte er länger dafür, als er gehofft hatte, und so war Mitternacht vorüber, als er im Schutz der Bäume zum Fluß hinabhuschte.

Der Mond spiegelte sich auf den Wellen, und das Flüstern der Strömung rauschte in Hagens Ohren. Er versuchte, es zu verstehen, dachte, es wolle vielleicht zu ihm sprechen, doch er hörte nur wirres Säuseln und Wispern und Glucksen.

Auf halbem Weg drehte Hagen sich noch einmal um und schaute hinauf zur Burg. Nur eine Reihe von Fackeln auf den Zinnen verriet, daß sie sich nicht in Luft aufgelöst hatte; der Rest verschmolz völlig mit der pechschwarzen Nacht.

Sein Blick streifte auch die Klippe, auf deren

Spitze die Eiche stand. Er fragte sich, was geschehen würde, wenn das Hochwasser jemals so weit steigen würde, daß es den Baum erreichte. Das Gerede seiner Mutter vom Klabautermann kam ihm in den Sinn. Er schauderte und wandte sich ab.

Während seines Abstiegs zum Ufer passierte er die hohe Mauer der Tannen, hinter der Dankwart sich das Knie aufgeschlagen hatte. Es lag kaum einen halben Tag zurück, da Hagen in den Zweigen eine wellenförmige Bewegung beobachtet hatte. Nur der Wind, dachte er verbissen. Dann aber kam ihm in den Sinn, daß die Bäume noch vor wenigen Tagen unter der Wasseroberfläche gestanden hatten. Hatte irgend etwas die Gelegenheit genutzt und sich in ihren Ästen eingenistet?

Er rannte so schnell er konnte, panisch fast, bis er die Tannen hinter sich gebracht hatte und den Fluß erreichte.

Der Mondschein umrahmte drei Gestalten. Stumm blickten sie Hagen entgegen.

Er blieb schlagartig stehen.

Es waren drei Frauen, mit nassem, hüftlangem Haar. Sie standen bis zu den Knien im Wasser, die Säume ihrer Gewänder wogten auf den Wellen. Der Mond beschien sie von hinten, ihre Gesichter waren in Schwärze gehüllt.

»Du also bist Hagen von Tronje«, sprach die erste mit altersloser Stimme.

Die zweite kicherte hinter ihrem Schattenschleier. »Er ist jung.«

»Ein Kind noch«, sagte die dritte.

Hagen raffte all seine Kühnheit zusammen. »Manns genug jedenfalls, Euch zurück ins Wasser zu jagen, wenn es sein muß.«

»Er spricht mutig.«

»Wagemutig.«

»Waghalsig.«

»Hals über Kopf.«

»Den Kopf will ich. Mit dem Hals macht, was ihr wollt.«

Haltloses Gekicher folgte.

»Für mich die Beine.«

»Die Arme mir.«

»So wird geteilt die Hühnerbrust, das kleine Herz darin.«

»Habt ein Herz, Schwestern, und nehmt ihn euch zur Brust.«

Hagen stand starr, wie angewurzelt. Viel hörte man in jenen Tagen von den kindischen Späßen der Wasserfrauen, doch sie dabei tropfend und gackernd vor einem zu sehen, das war eine ganz andere Sache.

Er hatte große Angst, obgleich er sich vornahm, sie so gut als möglich zu verbergen. »Seid Ihr Damen hier, um mit mir zu sprechen, oder wollt Ihr nur dumme Scherze machen?«

»Er nennt uns Damen.«
»Der Gute.«
»Aber unsere Scherze nennt er dumm.«
»Der Wicht.«

Trotz seiner Furcht wurde Hagen allmählich ungeduldig, zumal er wußte, daß die Wasserfrauen ihm nichts zuleide tun würden; der Siebenschläfer würde seine Beute nicht so leichtfertig aus der Hand geben. Die drei Weiber waren nur seine Botschafter.

»Also?« fragte Hagen mit leichtem Schwanken in der Stimme.

In der Finsternis, die ihre Gesichter verhüllte, war es unmöglich zu erkennen, welche der Frauen gerade sprach. Ohnehin schienen sie wie drei Körper einer einzigen Wesenheit.

»Dumm sind nicht unsere Scherze, sondern du, kleiner Hagen.«
»Niemand legt sich ungestraft mit den Rheingeistern an.«
»Der Fluß ist zornig. Der Siebenschläfer hat ihn gegen dich aufgebracht.«
»Gegen dich und die deinen.«
»Dumm, dumm, dumm.«

Sie nahmen die Worte als Rhythmus auf und summten ein seltsames Lied dazu. Es endete in erneutem Gekicher.

Hagen räusperte sich gewichtig. »Ich möchte den

Fluß um Vergebung bitten. Und natürlich den Siebenschläfer.«

»Beide sind eins«, kam die Antwort.

»Eins wie wir.«

»Eins mit uns.«

»Werdet Ihr meine Entschuldigung annehmen?« Obwohl Hagens Knie zitterten, war es ihm doch, als spräche er mit Kindern, mit drei albernen, neckischen Mädchen.

»Das ist nicht so einfach, wie du denkst«, sagte eine der Wasserfrauen.

»Du wirst für deine Tat Buße tun müssen, ganz ohne Zweifel.«

Hagen hatte Mühe zu sprechen, die Worte steckten in seinem Hals fest. »Welche Art von ... Buße meint Ihr?«

»Der Fluß verlangt Opfer.«

Statt weiteren Geplappers folgte ein Moment der Stille, der Hagen schmerzlich viel Zeit gab, sich darüber klarzuwerden, daß er mit leibhaftigen Wasserfrauen sprach. Und daß es hier nicht um ihre einfältigen Späße ging, sondern um sein Leben.

»Opfer?« fragte er schließlich. Er sprach sehr leise, voller Argwohn und Sorge.

»Aber ja doch«, sagte eine der Wasserfrauen. »Nur Opfer können den Siebenschläfer gnädig stimmen.«

»Vielleicht«, fügte eine andere hinzu.

»Von was für Opfern sprecht Ihr?« wollte Hagen wissen – genaugenommen wollte er es nicht, aber sich einfach umzudrehen und davonzulaufen wäre unklug gewesen.

»Wertvolle Opfer.«

»Kostbare Opfer.«

»*Goldene* Opfer.«

Hagen schluckte schwer. »Der Siebenschläfer will Gold?« Er war erleichtert – er hatte schon befürchtet, der Fluß verlange Menschenopfer –, doch zugleich beunruhigte ihn dieser merkwürdige Wunsch zutiefst. Ganz bestimmt konnte es nicht so einfach sein...

Die drei Wasserfrauen nickten in einer einzigen Bewegung ihrer mondscheinumrahmten Häupter.

»Ja«, sagten sie wie aus einem Munde. »Gold ist es, das er verlangt.«

Eine fügte hinzu: »Sehr viel Gold.«

Hagens Gedanken überschlugen sich. Woher sollte er Gold nehmen? Er selbst besaß nicht ein einziges Stück. »Ich habe dem Siebenschläfer doch zurückgegeben, was sein war«, protestierte er schwach.

Die Wasserfrauen lachten.

»Nicht du«, sagte eine in hämischem Tonfall.

»Dein Bruder war es.«

»Deshalb hat es nichts zu bedeuten.«

»Der Fluß verlangt, daß du selbst deine Tat bereust.«

»Aber ich bereue doch«, rief Hagen verzweifelt.

»Nicht genug«, erwiderten die Frauen.

»Es ist ganz einfach: Du opferst regelmäßig Gold –«

»– und der Fluß wird dich dafür verschonen.«

Hagen sank im feuchten Gras auf die Knie. »Wieviel verlangt Ihr?«

»Nicht ›wieviel‹«, wurde er verbessert. »Die Frage muß lauten: ›Wie oft?‹.«

»Und die Antwort heißt: Dein Leben lang.«

»Einmal in jedem Mond wirst du uns Gold bringen, erst wenig, dann immer mehr.«

»Niemals darfst du uns weniger bringen als beim Mal davor.«

»Heute einen Ring, in dreißig Tagen zwei Ringe.«

»Dann einen Goldreif.«

»Danach zwei.«

»Darauf vielleicht ein Sack mit Münzen.«

»Und so weiter, und so weiter.«

»Bis du stirbst.«

»Dann erlischt der Fluch.«

»Dann bist du frei.«

Wieder kicherten sie. »Kein schlechter Handel, was?«

Hagen erkannte die Grausamkeit dieser Forderung selbst durch den Nebel aus Furcht, der ihn umhüllte. Sehr, sehr leise fragte er: »Und was, wenn ich mich weigere? Oder nicht genug Gold zusammenbringen kann?«

»Dann sterben alle, die dir etwas bedeuten.«
»Dein Bruder.«
»Dein Vater.«
»All deine Freunde und Gefährten.«
»Und später, deine Frauen. Jede, der du ein Lächeln schenkst. Jede, an die du nur einen Gedanken verschwendest.«
»Der Fluß wird es wissen.«
»Wird wissen, was zu tun ist.«
»Wird es tun.«

Mit diesen Worten drehten sich die drei Frauen um, wandten Hagen den Rücken zu. Schweigend und aufrecht, mit Schritten voller Grazie, entfernten sie sich vom Ufer, sanken tiefer und tiefer in den Rhein hinab. Zuletzt schwebte nur noch ihr Haar zwischen den tanzenden Mondsplittern, dann waren sie gänzlich in der Tiefe verschwunden.

Hagen blieb allein zurück, blickte starr hinaus auf das Wasser. Er weinte nicht, flehte nicht. Nur in seinem Schädel jagten sich die Gedanken.

Als schließlich die Morgendämmerung über den Bergen erglühte, da erhob er sich und schleppte sich müde zurück zur Burg.

Kapitel 5

Sie ritten einen steilen Berg hinab, und Runold verkündete, das Dorf Zunderwald liege nur noch eine kurze Wegstrecke vor ihnen. Ein eigenartiger Geruch durchdrang die kühle Bergluft; es dauerte eine Weile, ehe Hagen begriff, wonach es roch.

Es war der Gestank von faulenden Wasserpflanzen am Ufer, von Fisch und aufgewühltem Schlick. Es war der Rhein.

Je näher sie ihrem Ziel kamen, desto scheigsamer wurden die Gaukler. Nur Runold ergriff ab und an das Wort und übte sich in aufgesetzter Fröhlichkeit. Die meiste Zeit aber sprach niemand. Es wurden auch keine Rätsel mehr verlangt, der Rabengott hatte längst an Faszination verloren. Hagen fragte sich immer noch, ob sie wirklich glaubten, er sei Wodan im Leib eines Menschen, oder ob sie diese Behauptung nur ebenso leichtfertig hinnahmen wie alles andere, das ihr Anführer von sich gab.

Es machte Hagen keine Mühe, durch das Geklapper der Hufe und Knirschen der Wagenräder die Strömung herauszuhören. Ihr fernes Plätschern und Strudeln war noch weit genug entfernt, als daß es ihm ernsthafte Sorgen bereitet hätte, und doch schon so nah, daß er wachsam wurde. Sein letztes Goldopfer lag erst drei Wochen zurück, der Siebenschläfer war besänftigt. Der Fluß hatte nie gegen seine eigenen Gesetze verstoßen. Bisher.

»Könnte mir jemand die Landschaft beschreiben?« bat er ins Leere und hoffte, irgendwer würde ihm Antwort geben.

Einen Augenblick lang war es, als hätte man seinen Wunsch überhört; dann aber meldete sich neben ihm eine Frauenstimme zu Wort: »Die Hänge sind dicht bewaldet, die Bäume reichen bis ans Ufer. Das Dorf liegt auf einer Landzunge. Man kann es über eine Sandbank erreichen oder auch über eine hölzerne Brücke.«

»Es ist rundum vom Fluß umgeben?« Hagen gab sich Mühe, seine Unruhe im Zaum zu halten.

»Nahezu, ja.«

»Runold!« rief Hagen aus. »Ich muß mit dir sprechen!«

Schnelle Hufschläge näherten sich von der Seite. »Ja, Herr?«

Die Schwärze vor seinen Augen schien von allen Seiten auf Hagen einzudrängen. Einen Herzschlag lang glaubte er, etwas darin zu erkennen, nicht zu sehen, sondern zu spüren. Wieder hatte er das Gefühl, als käme langsam etwas aus der Finsternis auf ihn zu. Es brachte Kälte mit sich.

»Herr?« fragte Runold noch einmal, eine Spur ungeduldiger.

Hagen riß sich zusammen. »Ich werde Euch hier verlassen ... mein Freund«, fügte er nach kurzem Zögern hinzu. Er hoffte, das würde Eindruck auf den gottesfürchtigen Gaukler machen.

Der Anführer gab keine Antwort.

»Runold?« fragte Hagen nach einer Weile. »Seid Ihr da?«

»Ich bin da, Herr.«

»Gut. Ich sagte –«

»Daß Ihr uns verlassen wollt, Herr. Ich habe es gehört.«

Ein weiterer Augenblick des Schweigens verging. Hagen wollte schon auffahren, als jemand unvermittelt Paladins Zügel aus seinen Fingern riß. Das Schlachtroß wurde zum Halten gebracht. Der ganze Gauklerzug blieb stehen.

»Runold, was soll das?« Hagen bemühte sich, seine Panik nicht offen zu zeigen; statt dessen gab er seiner Stimme einen drohenden Unterton.

»Es tut mir leid«, entgegnete Runold.

Hagen entging nicht, daß der Gaukler auf die Anrede »Herr« verzichtet hatte. Auf einmal mußte er den heftigen Drang niederkämpfen, wild mit den Armen um sich zu schlagen. Nie zuvor hatte er seine Blindheit entsetzlicher empfunden als in diesem Moment.

»Ich muß um Verzeihung bitten«, sagte Runold, »aber ich kann nicht zulassen, daß Ihr uns verlaßt.« Eine unheilvolle Schärfe lag jetzt in seiner Stimme.

»Laßt sofort mein Pferd los!« zischte Hagen. »Ihr wißt ja nicht, was Ihr tut.«

Ganz in der Nähe hörte er wieder die Raben schreien. Federn streiften seinen Hals, doch das mußte der Kragen des Umhangs sein. Ein Raunen ging durch die Gauklertruppe. Paladin tänzelte leicht.

»Ihr müßt einsehen«, sagte Runold, »daß ich Euren Wünschen nicht entsprechen kann. Ich muß Euch bitten, bei uns zu bleiben. Euer Talent ist zu beachtlich, um es ungenutzt zu lassen.«

»Ich weiß nicht, wovon Ihr sprecht.« Hagen fragte sich, ob es ratsam sei, auf seinen Status als Gott hinzuweisen, doch etwas sagte ihm, daß es damit vorbei war.

»Ob Ihr es wißt oder nicht ist unbedeutend«, erwiderte Runold gelassen. »Eure Macht über Raben ist ganz erstaunlich. Eure ganze Erscheinung ist verblüffend. Ihr seid wie geschaffen für meine Truppe.«

Hagens Stimme war schneidend: »Welche Kunststücke führt Ihr vor, Runold? Es ist an der Zeit, mir die Wahrheit zu sagen.«

»Die Wahrheit?« Runold lachte krächzend. »Die Wahrheit mag sein, daß Ihr ein Gott seid – oder auch nicht. Und die Wahrheit mag sein, daß mein ganzer Trupp aus Göttern besteht – oder eben nicht.«

»Was meint Ihr damit?«

Runold lachte noch immer, ein heiserer, böser Laut. »Es sind Götter, die ich den Menschen verkaufe. Ein ganzer Trupp voller Götter. An Eurer Seite reiten der mächtige Donar, die liebliche Frija, der jugendliche Balder und noch einige mehr. Und Ihr, blinder Mann, werdet fortan der Herr aller Götter sein. Ihr seid Wodan, *mein* Wodan!«

»Ihr seid ja wahnsinnig!« Hagens Hand fuhr zum Sattel, dorthin, wo sein Schwert gehangen hatte. Es war nicht mehr da.

»Ich gestattete mir, Eure Waffe zu entfernen«, gestand Runold. »Vorsichtshalber. Und was den Wahnsinn angeht, den Ihr mir vorwerft, so muß ich ihn weit von mir weisen. Ich bin, wenn Ihr so wollt, nichts weiter als ein Kaufmann. Ich verkaufe den Menschen auf ihren Märkten und Festwiesen das, wonach es ihnen verlangt. Und was begehren sie mehr, als eine Begegnung mit den Göttern selbst? Ihr wißt doch sicher, wie es ist: Die Menschen glauben, was sie glauben wollen. Und sie sind bereit, dafür zu bezahlen, oft sogar ein hübsches Sümmchen. Meine Leute und ich leben gut davon.«

»So lange man uns Glauben schenkt«, warf jemand ein. Es klang mißmutig.

»Wer war das?« keifte Runold. »Ah, Ludwig! Wer sonst? Habe ich euch nicht allen ein feines Auskommen verschafft? Wer wart ihr denn, bevor ich euch zu dieser Truppe zusammenschloß? Bettler, Taugenichtse, eine Hure!«

Links von Hagen begann eine Frau leise zu weinen. Wahrscheinlich die »liebliche Frija«.

Runold steigerte sich weiter in seinen Zornesausbruch. »Alles verdankt Ihr mir, nur mir allein. Noch ein weiteres Wort, Ludwig, und du kannst gehen. Verschwinde, geh mir aus den Augen, wenn dir nicht paßt, was ich tue! Aber denk daran, was du hinter dir läßt!«

Der Mann namens Ludwig murrte leise, dann zog er es vor zu schweigen.

»Was Euch angeht«, sagte Runold nun wieder zu Hagen, »so wird es Euch bei mir gutgehen. Ihr seid der beste Wodan, der mir je über den Weg gelaufen ist. Irgendwann müßt Ihr mir verraten, wie Ihr das mit den Raben anstellt.«

Hagen hatte nicht die geringste Ahnung, was er meinte, hielt es aber für klüger, seine Unkenntnis fortan zu verschweigen. »Ihr zwingt mich also, bei Euch zu bleiben?« fragte er kühl. Allmählich bekam er sich wieder in den Griff.

»Folgt mir nach Zunderwald und schmeckt den Lohn, den ich Euch biete«, sagte Runold. »Es wird Euch gefallen. Ihr werdet mir noch dankbar sein.«

»Dafür, ein paar dummen Bauern das wenige aus den Taschen zu ziehen, was sie besitzen?« Hagens Lachen war voller Hohn. »Auf diesen Lohn verzichte ich gerne.«

Der Anführer der Gaukler – oder Götter – ließ abermals sein schnarrendes Lachen ertönen. »Um so besser. Mehr für uns andere.«

Damit war das Gespräch für ihn beendet. Jemand gab Paladin einen Klaps, der ganze Zug setzte sich erneut in Bewegung. Schweigen senkte sich über die Gruppe.

In Hagen rumorten Haß und abgrundtiefer Zorn. Wie hatte er je annehmen können, daß Runold ihn wirklich für einen *Gott* hielt? Was für ein Narr war er gewesen! Und ein Narr sollte er auch weiterhin sein, ausgestellt auf einer Bühne, vorgeführt und begafft.

In nicht einmal zehn Tagen – eher früher – würde der Fluß ein neues Opfer verlangen. Zum ersten Mal machte Hagen sich Gedanken, woher er all das Gold nehmen sollte.

Der Hang wurde flacher, der Flußgeruch stärker, und schon kurz darauf schlugen die Pferdehufe auf Holz. Das mußte die Brücke sein. Der Gedanke, daß unter ihm nichts als Wasser war, ängstigte ihn über alle Maßen. Hagen hatte nicht mehr die Kraft, sich gegen Runold und seine Pläne zu wehren. Er wollte nur noch auf festen Boden, fort vom Fluß und dem erbärmlichen Gestank, den er ausdünstete.

Der hohle Schlag von Paladins Hufen verklang. Sie ritten jetzt wieder über Land. Rechts und links des Göttertrupps wurden Stimmen laut, verhaltenes Flüstern, gelegentlich ein hölzernes Krachen – Läden, die vor den Fenstern geschlossen wurde. Offenbar war der Anblick der Reiterschar ehrfurchtgebietender, als Hagen für möglich gehalten hatte. Er stellte sich seine eigene Erscheinung vor: ein düsterer Mann mit Helm und Kettenhemd, angewiesen auf die Führung anderer, Scharten und Flecken in der Kleidung, die notdürftig von Nimmermehrs Mantel verborgen wurden. Wie sollte irgendwer allen Ernstes annehmen können, er sei das Oberhaupt der Götter?

Der Gedanke an den Mantel brachte die Vorstellung von Nimmermehrs warmer Stimme, ihrer Freundlichkeit und Sanftmut zurück. Er vermißte sie, auch wenn er sich gegen diese Empfindung wehrte. Er hoffte mit aller Kraft, daß sie in Sicherheit war, weit fort von ihrem Jäger, Morten von Gotenburg.

Eine Berührung riß Hagen aus seinen Gedanken. Erst glaubte er, eine Hand habe sich auf seine rechte Schulter gelegt.

Aber es war keine Hand. Es war viel leichter. Ein leises Schnarren drang an sein Ohr, dann das Rascheln von Federn. Durch die Reihe der falschen Götter ging ein atemloses Wispern. Da wußte Hagen, daß ein Rabe auf seiner Schulter saß. Und als wäre das nicht genug, wiederholten sich Berührung und Rascheln auch auf der linken Seite.

»Wunderbar«, jubelte Runold gedämpft. »Du machst das großartig. Du solltest die Leute am Wegesrand sehen! Alle schauen nur dich an.« Er lachte leise. »Ein paar der Männer scheinen allerdings auch von unserer Frija recht angetan...«

Hagen hatte erwartet, daß Runold sie nach Gauklerart anpreisen würde, lautstark und aufdringlich. Doch der Alte schwieg ebenso wie die anderen.

»Wie bringst du die Leute dazu zu glauben, es seien tatsächlich Götter, die in ihr Dorf einreiten?«

»Ein bescheidenes Talent, über das ich verfüge«, gab Runold im Flüsterton zurück. »So hat eben jeder von uns sein kleines Geheimnis, nicht wahr?«

Wo waren die Stimmen der Kinder, die jeden Gauklerzug bei seiner Ankunft umgaben? Wo die Musik, wo das Jubeln der Dorfbewohner?

Statt dessen empfing man sie mit zugeschlagenen Fensterläden und und furchtsamem Raunen. Für die Menschen hier waren die Reiter keine Gaukler, keine Spaßmacher und Illusionäre. Egal welche Magie Runold auch einsetzte, um diese Leute den Schwindel glauben zu machen, sie tat ihre Wirkung mit größtem Erfolg.

Und da erst begriff Hagen mit aller Klarheit, daß er für diese Menschen *wirklich ein Gott war*.

Unwillkürlich fragte er sich, was wohl Wodan – der echte, der wahrhaft göttliche – von Runolds Betrügereien halten mochte. Aber Hagen fürchtete sich nicht. Er hatte andere Feinde, die ihn ängstigten. Die Götter waren weit entfernt, doch der Fluß umarmte ihn mit seiner eisigen Flut, mit seinem Gestank, mit seinem hohnvollen Flüstern.

Nimmermehr, dachte er in einem Anflug von Panik, wenn du irgendwo in der Nähe bist, dann komm her und hilf mir!

❧

Kurz darauf ließ Runold die Pferde anhalten. Ein Mann mit dröhnender Stimme – er spielte die Rolle des Gewittergottes Donar – erklärte Hagen, sie befänden sich ein wenig außerhalb des Dorfes, an der Spitze der Landzunge. Einige von ihnen würden jetzt ein Zelt aufbauen. Darin dürfe je ein Dorfbewohner gegen Bezahlung einem der Götter gegenübertreten. Die meisten würden um Beistand flehen, erklärte der falsche Donar schmunzelnd, manche ein Opfer darbringen und wieder andere einfach nur dummes Zeug reden, bis einem die Ohren schmerzten.

»Hat nie jemand Zweifel an eurer Echtheit gehabt?« fragte Hagen ungläubig.

Der Mann stieß ein grollendes Lachen aus. »Niemals. Sie alle kommen brav wie Lämmer, demütig, ängstlich – und durch und durch gläubig.«

»Und das bewirkt allein Runolds Zauber?«

»Es muß wohl so sein.« Der Mann klang nicht, als hätte er sich allzu viele Gedanken über diese Frage gemacht. »Keiner weiß das ganz genau. Weißt du, wir Menschen sind ein Haufen dummer Esel; wenn wir glauben wollen, daß ein Gott zu uns spricht, nun, dann glauben wir es eben.«

Hagen hörte, wie sich der Mann entfernte. Er tastete mit den Händen über seine Schultern, doch die beiden Raben waren verschwunden. Er fragte sich, ob er dieses Wunder Nimmermehrs Mantel zu verdanken hatte; es war die einzige Erklärung, die ihm einfiel.

Bis zum Abend geschah wenig. Hagen saß am Boden, wünschte sich, er könne sein Kettenhemd ausziehen, hielt es aber in seiner Lage nicht für ratsam. Runolds Leute mochten – im Gegensatz zu ihrem Anführer – wie harmlose Narren klingen, doch konnte er dessen nicht sicher sein. Ihr demütiges Verhalten beim Rätselraten war ihm noch gut im Gedächtnis, und er wollte es nicht darauf ankommen lassen, sich allein ihrem guten Willen auszuliefern.

Das hast du doch längst, sagte eine Stimme in seinem Inneren. *Erst hast du dich dem Mädchen ausgeliefert und nun diesem Haufen von goldgierigen Wirrköpfen.*

Plötzlich hob Runold seine Stimme. »Wir sind soweit. Ich habe den Leuten im Dorf gesagt, bei Sonnenuntergang seien wir bereit für sie.« Er räusperte sich lautstark. »Nun, die Sonne ist untergangen, und dort hinten sehe ich die ersten Fackeln. Wollen wir hoffen, daß unsere Freunde genug Münzen dabeihaben.«

Der eine oder andere aus der Truppe spendete Beifall. Runold verstummte für einen Moment, dann stand er plötzlich direkt neben Hagen. »Komm, Freund Rabengott. Du kannst hier nicht sitzen bleiben. Wenn sie dich so sehen, wird nicht einmal der dümmste Bauer glauben, daß du der Herr aller Götter bist.«

»Was geschieht jetzt?« fragte Hagen und rang mit seiner Wut. Er wünschte sich nichts so sehr, wie aufzuspringen und Runold den Hals umzudrehen.

»Ihr wartet alle gemeinsam hinter dem Zelt. Die Leute kommen der Reihe nach dran. Sie bezahlen bei mir, sagen mir, mit welchem von euch sie sprechen wollen, und betreten das Zelt. Ich komme dann zu euch und führe den gewünschten Gott von hinten ins Zelt.«

»Klingt wie ein Kinderspiel.«

Runold gab einen kehligen Laut von sich. »Das ist es, mein Freund, das ist es.«

Während er sich widerwillig von Runold hinter das Zelt führen ließ, wo die anderen schon bereitstanden, fragte Hagen: »Wie lange tut ihr das schon, von Ort zu Ort ziehen und –«

»– den Leuten ihren eigenen Glauben verkaufen? Schon lange, sehr lange. Nichts ist so einträglich wie die Bereitwilligkeit der Leute, an etwas zu glauben.«

Runold ließ Hagen bei den anderen zurück und verschwand, um sich den herankommenden Dorfbewohnern zu widmen. Vorher flüsterte er Hagen noch zu: »Und sieh zu, daß du deine Raben dabei hast, wenn ich dich holen komme.«

Hagen hatte nicht die geringste Vorstellung, wie

er die Tiere herbeirufen sollte, und es war ihm auch gleichgültig. Längst hatte er sich vorgenommen, den ganzen Schwindel zunichte zu machen, sobald man ihn in das Zelt führte. Runold sollte wenig Freude an seiner neuesten Attraktion haben.

Die falschen Götter tuschelten miteinander, einige tauschten alberne Weisheiten aus, die sie vor den erwartungsvollen Dorfbewohnern zum besten geben wollten. Andere brachten ihre Hoffnung zum Ausdruck, man möge das Schauspiel schnell hinter sich bringen. Einer oder zwei schimpften auch auf Runolds Geiz und Gier, doch niemand pflichtete ihnen bei.

Hagen schwieg nachdenklich und bemühte sich, das allgegenwärtige Wispern des Flusses zu verdrängen. Er konnte die Nähe des Siebenschläfers fühlen, spürte seinen Haß und seinen Hunger. Hagen mochte Runolds Göttertruppe entkommen können, doch vor dem Rheingeist gab es keine Flucht.

Lärm riß ihn aus seinen Gedanken. Auf der anderen Seite des Zeltes wurden Stimmen laut. Vor allem eine, die einer jungen Frau, war deutlich aus den übrigen herauszuhören: »Betrüger!« schrie sie immer wieder. »Greift euch diesen elenden Scharlatan!« Hagen hoffte einen Augenblick lang, es sei Nimmermehr, doch die Stimme gehörte einer anderen.

Die Männer und Frauen, die mit Hagen hinter

dem Zelt warteten, horchten auf. Die ersten wurden unruhig.

»Mögen uns die Götter beistehen!« Aus dem Mund der falschen Freija klang das einigermaßen bemerkenswert. Es schien keineswegs üblich zu sein, daß irgendwer den Betrug durchschaute.

Ein Rascheln ertönte, dann – schlagartig – das Fauchen emporschießender Flammen.

»Das Zelt brennt!« schrie jemand.

Hagen stolperte zurück, stieß gegen einige der anderen und stürzte. Niemand half ihm auf. Trampelnde Schritte rechts und links von ihm, aufgeregte Rufe. Innerhalb weniger Herzschläge stürmten die Männer und Frauen auseinander, einige fluchten und schrien, andere flohen stumm vor Entsetzen.

Immer mehr Dorfbewohner stimmten in die haßerfüllten Rufe der jungen Frau ein. Hagen war sich im klaren darüber, daß man ihn ebenso für einen Schwindler halten würde wie alle anderen. Ein aufgebrachter Pöbel, der nichts anderes im Sinn hatte, als ihn aufzuknüpfen, hatte ihm gerade noch gefehlt.

Verzweifelt versuchte er sich aufzurappeln. Er spürte ganz in der Nähe die Hitze des Feuers, hörte sein prasselndes Lodern und Fauchen. Die Angst, blind in die Flammen zu stolpern, überkam ihn mit aller Macht. Zum ersten Mal seit Jahren rief er um Hilfe.

Aus dem Abgrund seiner Blindheit schoß etwas empor, traf ihn wie ein Blitz aus Helligkeit. Das Licht verblaßte so schnell, wie es gekommen war, doch ein ganz schwacher Abglanz blieb zurück.

Hagen erkannte, daß ein winziger Teil seiner Sehkraft zurückgekehrt war. Es war das gleißende Licht des Feuers, das sich durch die Schwärze fraß und ihn schlagartig an das erinnerte, was Nimmermehr gesagt hatte: Sein rechtes Auge würde wieder sehen können, früher oder später.

Der schwache Lichthauch war das erste Anzeichen. Es drängte Hagen, vor dem brennenden Zelt sitzen zu bleiben, geradewegs in die Glut zu starren, seinem Auge beim Gesundwerden zuzuschauen. Er riß sich freudig den Helm vom Kopf, schleuderte ihn unbeholfen von sich. Vor Begeisterung vergaß er einen Moment lang sogar die Gefahr, in der er sich befand. Er heulte auf vor Freude.

»Seht ihr den da vorne?« brüllte eine Stimme über das Inferno aus Prasseln und Getrampel hinweg.

Sehen. Ja, dachte Hagen, ich werde wieder sehen können. Schön, daß ihr es auch könnt.

Ein irres Lachen stieg in ihm auf, quoll über seine Lippen wie Erbrochenes, gallig, bittersüß.

Wieder versuchte er aufzustehen, wieder streifte ihn etwas, warf ihn mit tückischer Wucht zu Boden.

Hagen hob den Kopf. Das Feuer! Verdammt, wo war das Feuer? Einen Moment lang sah er nichts als Schwärze, wirbelte panisch hin und her, auf der Suche nach der Helligkeit, nach dem Gleißen, nach dem Licht in der Tiefe des Abgrunds.

Da! Da war es wieder! Ein vages Schimmern.

Hände packten ihn grob an den Oberarmen.

»Nein!« schrie eine Mädchenstimme.

Zugleich traf etwas seine Stirn, hart und grausam, und die Helligkeit, gerade erst wiedergefunden, verblaßte zum zweiten Mal.

❧

Das Erwachen war eigenartig. Eigenartig, weil Hagen es nicht von sich aus bemerkte. Es gab keinen Wechsel von einem Dunkel ins andere. Da war nur Schwärze, ohne Abgrenzungen, ohne Schattierungen. Jemand hatte ihm einst erklärt, Schwarz sei keine Farbe, und jetzt erkannte Hagen mit plötzlicher Gewißheit, welche tiefere Wahrheit sich hinter dieser Behauptung verbarg. Schwarz beinhaltete nichts als sich selbst, es war nur ein Zustand vollkommener Leere. Hagen hätte tagelang darüber nachgrübeln können, ohne zu einem anderen Ergebnis zu kommen. Schwarz war einfach nur – schwarz.

Erst als eine Stimme sagte »Er ist wach«, da wußte er, daß sich etwas verändert hatte. Um zu hören, mußte er wach sein.

»Gut, laßt ihn liegen.« Schritte, dann das Schlagen einer Tür. Das Schaben eines Riegels. Geräusche, die Hagen kannte; Geräusche der Gefangenschaft.

Seine Hände waren vor seinem Körper gefesselt. Er lag auf einem Boden aus Holzbohlen und verstreutem Stroh. Wahrscheinlich eine Scheune, die jetzt als Gefängnis herhalten mußte. Es roch nach Heu und Pferdedung.

»He da!« rief er. »Ist da wer?«

Niemand antwortete. Er fragte sich, wo der Rest von Runolds Truppe steckte. Einige waren sicher durch einen Sprung ins Wasser entkommen, doch wo waren die übrigen? Und was war mit Runold selbst geschehen?

Hagen rieb sich mit gebundenen Händen die Augen, doch die Dunkelheit blieb unverändert. Offenbar war sein rechtes Auge noch nicht gesund genug, um irgend etwas wahrzunehmen, daß weniger hell als eine Feuersbrunst war. Zudem herrschte in der Scheune sicherlich Finsternis. Kein Grund also, seine neugewonnene Hoffnung fahrenzulassen.

Hoffnung? durchfuhr es ihn bitter. In dieser Lage? Vermutlich wollte man nur bis zum Morgengrauen warten, um ihn am höchsten Giebel Zunderwalds aufzuhängen, mit oder ohne Augenlicht.

Ein leises Schaben zu seiner Rechten ließ ihn aufhorchen. Kurz darauf wiederholte es sich. Es klang, als würde eine Holzlatte in der Wand zur Seite geschoben.

»Ist da jemand?« fragte er noch einmal.

Einen Moment der Stille, dann:

»Hagen!« Ein Flüstern nur, ganz leise. »Hagen von Tronje!«

Er spürte, wie sich vor Aufregung Hitze in ihm breitmachte. »Nimmermehr, bist du das?«

»Wer sonst, Dummkopf?«

So, wie die Dinge standen, hätte sie alles zu ihm sagen dürfen, und er hätte sie noch dafür umarmt.

Er wandte den Kopf nach rechts und versuchte, sich mit dem Rücken an der Wand auf die Beine zu schieben. Zu spät bemerkte er, daß man seine Stiefel mit einem unterarmlangen Strick aneinandergebunden hatte; scheppernd fiel er zurück auf den Boden.

»Wo bist du?« fragte er beschämt.

»Ganz nahe bei dir.«

»Kannst du die Fesseln an meinen Füßen durchschneiden?«

»Ohne Messer?«

Ungeduldiger sagte er: »Dann sei so gut, und mach den Knoten auf.«

»Deine Hände sind frei. Warum machst du es nicht selbst?«

Und, tatsächlich: Noch während sie sprach, spürte er, daß der Strick an seinen Händen locker genug saß, um ihn mühelos abzuschütteln.

»Wie hast du das gemacht?« fragte er verblüfft, während er sich an seinen Fußfesseln zu schaffen machte.

»Wahrscheinlich waren die Knoten nicht fest genug angezogen«, antwortete sie ausweichend.

Er blieb beharrlich. »Eben waren sie noch fest.«

»Du mußt dich beeilen. Die Dorfbewohner können jeden Moment kommen, um dich zu holen.«

Sein rechter Fuß war frei. Jetzt noch der linke. »Was werden sie dann mit mir tun?«

»Dir einige Fragen stellen.«

»Folter?«

»Du hättest Runold sehen sollen, als sie mit ihm fertig waren.«

Er bekam den Knoten an seinem linken Knöchel auf und taumelte auf die Füße. »Was ist mit Runold?«

»Er ist tot.«

»Und die anderen?«

»Alle geflohen. Runold war der erste, den die Dorfbewohner fingen, ihm blieb keine Zeit mehr, um zu entkommen. Du hast am Feuer gekauert, als sie dich fanden. Die übrigen sind alle noch rechtzeitig in den Fluß gesprungen.« Nach kurzem Zögern setzte sie hinzu: »Einige werden wohl heil ans andere Ufer gekommen sein.«

Hagen griff mit den Armen nach rechts ins Leere. »Verdammt, Nimmermehr, wo bist du?«

»Geh einfach geradeaus. Ja, genau so. Langsam. Jetzt streck die Hand aus.«

Seine Finger stießen gegen eine Seitenwand aus Holz, ertasteten eine schmale Öffnung. Kühle Luft wehte herein.

»Ich bin hier draußen«, flüsterte das Mädchen. »Der Spalt ist zu schmal für dich. Du mußt dich an der Wand entlang bis zur Tür vortasten. Ich kann sie von außen entriegeln.«

Er schob sich seitwärts ins Dunkel, in der Hoffnung, nicht über unsichtbare Gegenstände und Kisten zu stolpern. Es dauerte nicht lange, da erreichte er eine Ecke, und dann, kurz darauf, ein Tor. Der eine Flügel stand einen Spalt weit offen. Hagen fragte sich, weshalb Nimmermehr nicht einfach hereingekommen war. Doch der Gedanke verblaßte, als er ihre Hand an der seinen spürte. Hastig zog ihn das Mädchen ins Freie.

»Schnell«, wisperte sie. »Hier vorne können sie dich sehen. Wir müssen schleunigst ein Versteck für dich finden.«

»Können wir nicht einfach über die Brücke ans Ufer laufen?«

»Sie wird bewacht. Die Leute hier fürchten, die Gaukler könnten versuchen, euch zu befreien. Sie haben rund ums Dorf Wachen aufgestellt. Ich fürchte, es gibt keine andere Möglichkeit, als sich in Zunderwald selbst zu verkriechen.«

Eine Weile lang liefen sie stumm, dann streiften Zweige Hagens Gesicht. Nimmermehr hatte ihn in den Schutz einiger Bäume geführt.

»Beschreib mir das Dorf«, bat er. »Ich muß mir ein Bild davon machen.«

»Es ist nicht besonders groß, die Häuser sind fast alle aus Stein gebaut.« Nach einer kurzen Pause sagte sie: »Warte, setz dich hin. Ja, genau da, hinter den gefällten Baumstamm. Im Augenblick bist du hier sicher.« Es knisterte, als sie sich neben ihm im Gras niederließ. »Also, die Häuser sind aus Stein, wohl wegen der Überschwemmungen. Einige sind bis zu drei Stockwerke hoch. Ganz oben bewahren die Leute bei Hochwasser ihre Sachen auf. Die Landzunge ist nicht besonders groß, und Zunderwald nimmt gerade mal die Hälfte davon ein. Aber die Gebäude sind eng aneinandergebaut, die Wege dazwischen verschachtelt und voller Steintreppen.« Sie nahm seine Hand und streichelte sie sanft mit ihren zarten Fingern. »Wir sind jetzt am Nordzipfel der Landzunge. Das Südende ist nicht bebaut, da wachsen nur ein paar einzelne Bäume. Dort unten war es, wo sie Runolds Zelt abbrannten.«

»Was für Leute leben hier?« fragte Hagen. »Ich meine, Runold war überzeugt, daß sie ihm glauben würden. Wieso ist sein Betrug gerade hier aufgeflogen?«

Nimmermehr lachte wie ein kleines Mädchen. »Ich fürchte, das war meine Schuld.«

»Aber die junge Frau, die die anderen aufgestachelt hat, hatte eine andere Stimme«, wandte er argwöhnisch ein.

»Das war die Tochter des Dorfvorstehers.« Nimmermehr schien kurz zu überlegen, dann sagte sie: »Ich konnte sie überzeugen, daß ihr keine echten Götter seid.«

»Du hast Runolds Zauber aufgehoben?«

»Zauber? Das nennst du Zauber?« Ungewohnte Verachtung sprach aus ihrer Stimme. »Liebe Güte, das war gar nichts. Runold war kein Magier, sonst wäre er jetzt nicht tot. Er hat die Gutgläubigkeit der Menschen ausgenutzt, ihre erbärmliche Torheit. Das war alles. Es gibt einen viel schlichteren Namen für diesen *Zauber*, wie du ihn nennst: Menschenkenntnis.«

Hagen packte blitzschnell ihre Hand wie ein lästiges Insekt. Er wußte, daß er zu fest zudrückte, aber wieder konnte er nichts anders, als ihr zu mißtrauen.

Hast du sie nicht eben noch herbeigesehnt? fragte es spöttisch in ihm. *Sie hat dich schon wieder gerettet, und als Dank dafür tust du ihr weh.*

»Du hast in Kauf genommen, daß die Dorfbewohner uns alle umbringen«, sagte er vorwurfsvoll und viel zu laut.

Sie legte sanft den Zeigefinger ihrer freien Hand an seine Lippen. »Leise, sonst hören sie uns.«

Schuldbewußt verstummte er, ließ sogar ihre Hand los. Sie zog sie nicht zurück, sondern streichelte weiter über seine Finger.

»Sie haben dich doch am Leben gelassen, nicht wahr?« sagte sie ruhig. »Und was Runold angeht, so hat er kaum etwas Besseres verdient. Wie sonst hätte ich dich denn aus seiner Gewalt befreien sollen? Er hat dich nicht aus den Augen gelassen, ich wäre nicht einmal an dich rangekommen. Hier im Dorf aber war das etwas anderes. Einen Scheunentor zu öffnen ist keine Kunst.«

»Die Raben«, entfuhr es ihm plötzlich, »das hast du getan, oder?«

»Nicht ich – der Mantel. Er hat die Macht dazu. Ich habe ihn von Morten gestohlen.«

»Ist er auch hier?«

Sie senkte ihre Stimme, als fürchtete sie, ihr Verfolger könne sie hören. »Er genießt die Gastfreundschaft des Vorstehers, ich habe sein Pferd vor dem Haus gesehen. Er muß kurz vor uns angekommen sein.«

»Woher wußte er, daß er dich hier finden kann?«

Sie klang traurig. »Ich weiß es nicht. Im Gegensatz zu Runold verfügt Morten tatsächlich über gewisse Kräfte.«

Hagen stieß einen tiefen Seufzer aus. »Das heißt also, wir sitzen hier fest, in einem Dorf voller mordlustiger Verrückter und deinem Morten von Gotenburg mittendrin.«

»Ich fürchte, ja«, bestätigte sie kleinlaut.

»Und nun?«

Sie streichelte sachte seine Wange. »Ich habe gehofft, dir würde etwas einfallen.«

Erschöpft lehnte er sich mit dem Rücken gegen den Baumstamm. Er war hungrig und brauchte Schlaf, und es sah nicht aus, als würde sich daran in naher Zukunft etwas ändern. »Warum wurde Runold eigentlich gefoltert? Sie hätten ihn aufhängen oder an den Pranger stellen können – aber foltern? Das paßt nicht zu ein paar gewöhnlichen Bauern.«

»Die Tochter des Dorfvorstehers hat ihnen eingeredet, Runold verstecke einen Goldschatz.«

»Ein Schatz? Ich bitte dich, das ist lächerlich.«

»Vielleicht«, erwiderte sie, »vielleicht auch nicht.«

»Wo hätte er ihn denn verstecken sollen außer in der Satteltasche?« fragte Hagen lakonisch.

»Ich nehme an, diese Frage haben sie ihm ebenfalls gestellt.«

Hagen schüttelte fassungslos den Kopf. Noch immer verstand er nicht recht, welche Rolle Nimmermehr bei den Vorgängen gespielt und was es mit dieser Vorstehertochter auf sich hatte. Doch er hätte beide Fragen liebend gern unbeantwortet gelassen, wenn ihn das nur heil von hier fortgebracht hätte. Zumal er nicht den geringsten Einfall hatte, wie ihnen unter den gegebenen Umständen eine Flucht gelingen sollte. Und selbst dann war da immer noch der Mann, der es auf Nimmermehrs Leben abgesehen hatte.

»Wir könnten versuchen, an den Wachen vorbeizukommen und durch den Fluß zu schwimmen«, schlug Nimmermehr vor.

»Niemals.«

Sie nahm seine Rechte in beide Hände. »Du hast immer noch Angst vor dem Siebenschläfer?«

»Du hast ihn nicht erlebt. Du kennst ihn nicht und weißt nicht, wie –« Er brach ab, als er blitzartig etwas begriff. »Ich habe dir nie von ihm erzählt!« Mit einem scharfen Ruck riß er seine Hand zurück.

Nimmermehrs Stimme klang unverändert sanft und warm. »Nein«, gab sie zu, »das hast du nicht.«

»Wie –«, begann er, doch sie fiel ihm ins Wort:

»Ich kenne ihn, Hagen«, sagte sie ruhig. »Ich weiß viel mehr über ihn, als du glaubst.«

Woher? wollte er fragen, doch abermals kam sie ihm mit ihrer Antwort zuvor:

»Der Siebenschläfer ist der Wächter des Herbsthauses.«

Kapitel 6

»Das kannst du nicht tun, Vater!« brüllte Hagen, fuhr auf dem Absatz herum und stürmte zur Tür.

Graf Adalmar war groß und schwer, aber er war auch weit schneller, als ihn sein behäbiger Leib erscheinen ließ. Innerhalb eines Atemzuges holte er Hagen ein und verpaßte ihm eine schallende Ohrfeige.

»Tu das nie wieder!« raunte er im Tonfall eines Todesurteils. »Erhebe nie wieder deine Stimme gegen deinen Vater, oder, das schwöre ich dir, du wirst nicht länger ein von Tronje sein.«

Hagen überspielte Schmerz und Furcht mit einem jugendlichen Trotz, den er selbst für Kühnheit hielt. »Bin ich das denn überhaupt noch? Warum sonst schickst du Dankwart als Knappen an den Hof des Königs, nach Worms, mich aber zu diesem ... diesem ...« Er verstummte, als ihm klar wurde, daß Tränen in seine Augen stiegen.

Sein Vater funkelte ihn zornentbrannt an. »Otbert von Lohe ist ein treuer Untertan des Königs, ein großer Krieger und ganz sicher jemand, von dem du vieles lernen kannst, mein Sohn.«

»Seine Grafschaft ist so groß wie unser Pferdestall.«

»Sein Lehen mag nicht das größte im Reich sein, aber ganz sicher eines der am besten geführten.«

Hagen versuchte vergeblich, dem Blick seines Vaters standzuhalten. Er schaute zu Boden, als er sagte: »Die Leute erzählen sich, er sei verrückt.«

Die Augen des Grafen weiteten sich. »Wer erzählt das?« brüllte er empört. »Nenne mir einen Namen, und ich schlage dem Kerl den Schädel ab!«

Hagen aber hielt seine Zunge im Zaum und schüttelte nur stumm den Kopf.

Dankwarts Stimme erklang von der anderen Seite der Halle. »Ich war es, Vater. Ich habe das gesagt.«

Adalmar gab Hagen einen Stoß, der ihn drei

Schritte nach hinten taumeln ließ, und fuhr mit hochrotem Gesicht zu seinem Ältesten herum: »Du lügst! Du willst deinen Bruder in Schutz nehmen!«

»Nein, Vater«, sagte Dankwart leise. Auch er wagte nicht, dem Grafen in die Augen zu blicken. »Man hört viel Seltsames über Otbert von Lohe. Die Leute –«

»Die Leute?« schrie Adalmar und tobte wie ein Unwetter auf Dankwart zu. »Ihr seid die Söhne eines Grafen, und ihr hört auf *die Leute*?«

Hagen starrte zu Dankwart hinüber, der vor der heranstampfenden Masse seines Vaters schrecklich klein und schmächtig wirkte. »Vater!« rief Hagen dem Grafen nach, bevor er Dankwart erreichen konnte. »Warte, Vater! Entehre nicht auch noch deinen Ältesten. Mich schlage ruhig, wenn es dein Wille ist, aber füge Dankwart nicht solche Schmach zu. Er ist der Erbe deines Hauses!«

Adalmar blieb wie angewurzelt in der Mitte der Halle stehen. Er blickte wild von einem Sohn zum anderen und sah einen Moment lang aus, als wolle er beide dem Scharfrichter vorführen lassen.

Dann aber, von einem Herzschlag zum nächsten, legte sich sein Zorn. Er hörte auf, wie ein Stier zu schnauben, schlug sich mit der Pranke vor die Stirn – und begann aus vollem Hals zu lachen.

Dankwart hob vorsichtig seinen Blick, schaute erst zu Hagen, dann zu seinem Vater hinüber. Der

Graf schüttelte sich in brüllendem Gelächter wie ein Opfer der Tanzwut.

Schließlich, als Adalmar sich allmählich in den Griff bekam, winkte er seine beiden Söhne zu sich. Aus gegenüberliegenden Ecken der Halle traten sie an seine Seite, erst zögernd, dann aufrecht und gefaßt. Ihr Vater zog sie mit kraftvollen Armen an sich.

»Ich bin sehr stolz auch euch«, sagte er laut und würdevoll, so daß auch das horchende Gesinde hinter der Tür es hören konnte. »Ihr beiden, Hagen und Dankwart, seid würdige Söhne unseres Geschlechtes, und euch soll versichert sein, daß ich nur das Beste für jeden von euch will.« Er sah Dankwart an, der ihm, ebenso wie Hagen, bis zur Nase reichte. »Du, Dankwart, bist der Erstgeborene und wirst einst dieses Lehen erben. Deshalb mußt du mit den Gepflogenheiten am Hof zu Worms vertraut sein. Für dich kann es keine bessere Schule auf dem Weg zur Ritterwürde geben als die Königsburg.« Er lächelte Dankwart aufmunternd zu, dann blickte er Hagen an. »Du aber, Hagen, wirst deinem Bruder dereinst als Führer seiner Krieger zur Seite stehen, und deshalb wirst du vor allen Dingen lernen müssen, wie ein Ritter mit Waffen und Armeen und mit dem Blutdurst seiner Feinde umgeht. Was schert dich das höfische Spiel von Umwerben und Schmeicheln und Leisetreten? Du sollst der mächtigste Krieger an den Gestaden des Rheines sein, und wenn es einen gibt, der dir dabei helfen kann, dann ist es mein alter Kampfgefährte Otbert von Lohe. Er versteht nichts von Getändel und Diplomatie, aber wenn es um den Kampf Mann gegen Mann geht, dann ist er einer der Besten.«

Hagen war tiefberührt von den Worten seines Vaters, und obgleich ihm der Gedanke, an Otberts Hof zu reisen, nachwievor zuwider war, suchte er nach einer freundlichen Erwiderung.

»Man hört«, sagte er, »Graf Otbert sei ein Meisterschütze mit dem Langbogen.«

»Aber ja«, rief Adalmar begeistert und sein Blick verklärte sich, als alte Erinnerungen in ihm aufstiegen. »In so manchem Kampf hat seine Bogenkunst das Blatt für uns gewendet. Otbert vermochte es, einem feindlichen Heerführer über hundert Mannslängen das Auge auszuschießen.«

»Hast du ihm deshalb Waffenbrüderschaft gelobt?« fragte Dankwart.

»Nicht wegen seiner Künste«, entgegnete Adalmar und krallte die Hände in die Schultern seiner Söhne. »Wir wurden Brüder, weil Otbert mir ein Freund war wie kein zweiter. Er hat mir mehr als einmal das Leben gerettet – so wie ich ihm –, und wir schworen uns, derlei nie zu vergessen.«

Mit einem Seufzen löste er sich von den beiden und trat an eines der hohen Spitzbogenfenster. Gedankenverloren blickte er hinaus über das Land, über Wälder und Fluß, als warte irgendwo dort draußen die Vergangenheit auf ihn.

»Wenn du morgen zu ihm abreist, Hagen, dann wird das sein, als kehre sein bester Freund zu ihm zurück.«

˜

An einem Kreuzweg, unweit des Rheinufers, trennten sich die Reitergruppen. Dankwart warf Hagen einen letzten, sorgenvollen Blick zu, dann ritt er inmitten seines Gefolges davon. Hagens Bewacher, ein Trupp aus sechs Kriegern, angeführt von einem Vetter seines Vaters, wandten ihre Pferde gen Süden und wollten ihren Weg fortsetzen, doch Hagen hielt sie mit einem knappen Befehl zurück. Angespannt folgte sein Blick seinem Bruder.

Dankwart und seine Männer ritten zum Ufer hinab. Unweit der Anlegestelle stiegen sie von ihren Pferden und gaben dem Fährmann ein Zeichen. Das flache Boot näherte sich dem Ufer, und wenig später schon führte Dankwarts Trupp seine Tiere aufs Deck.

Hagens Herzschlag raste. Er hatte nur Augen für die grauen Wogen, die gegen den Rumpf der Fähre klatschten. Er sah den hellen Schaum auf den Wellenkämmen und glaubte Augen darin zu erkennen, Augen, die ihn höhnisch anglotzten.

Mehr als zwei Jahre lang hatte Hagen sich an seine Abmachung mit den Wasserfrauen gehalten, hatte Mond für Mond seinen Tribut an den Fluß gezollt. Anfangs waren es winzige Schmuckstücke gewesen, Ohrringe und Anhänger, die er aus dem Gemach seiner Mutter gestohlen hatte. Weil der Pfaffe der Gräfin gepredigt hatte, es zieme einer demütigen Christin nicht, sich mit Gold und Silber zu behängen, war der Diebstahl unbemerkt geblieben. Im letzten Monat war das Goldopfer bereits angewachsen zu einem Säckchen von der Größe einer Männerfaust, entwendet aus der gräflichen Schatzkammer. Es war nur eine Frage der Zeit, ehe sein Verschwinden auffallen würde, und Hagen war mehr als dankbar, daß er dann nicht mehr in der Burg weilen würde.

Er also hatte sich an seinen Teil der Abmachung gehalten. Trotzdem leckte der Fluß am Rumpf der Fähre empor, hier und da schlugen gischtende Wellengipfel über die Reling und brachten Unruhe unter die Pferde. Dankwart wirkte bekümmert, denn obgleich er nicht um die wahre Natur von Hagens Handel mit dem Rheingeist wußte, so ahnte er doch, daß von dem Fluß eine unbestimmte Gefahr ausging.

Einen Augenblick lang wurde Hagen von Panik überwältigt. Er sah Dankwarts düsteres Gesicht, sah die graue, strudelnde Strömung, die scheuenden

Pferde, die ahnungslosen Krieger, und er wußte plötzlich, daß dies kein gutes Ende nehmen würde. Wenn nicht an diesem Tag, dann an einem anderen. Wie sollte er auf Otberts Burg seine Goldopfer fortsetzen, an einem Ort, wo man ihn, einen Fremden, nicht so leichtfertig in der Nähe der Schätze dulden würde? Wen würde der Siebenschläfer als erstes bestrafen? Dankwart, seine Eltern, alle anderen, die ihm teuer waren?

Er hätte heulen mögen, war sich aber der Blicke seiner Begleiter bewußt, die nur auf ein Zeichen von ihm warteten, um die Reise nach Süden fortzusetzen.

Hagen hob noch einmal die Hand, um Dankwart zuzuwinken, dann wandte er sich abrupt ab und schloß zu den anderen auf. Er würde nicht zulassen, daß der Flußgeist mit ihm spielte.

Später, als sie bereits ein gehöriges Stück der Uferstraße zwischen sich und die Anlegestelle gebracht hatten, schaute Hagen sich noch einmal widerwillig um.

Die Fähre hatte auf der anderen Seite angelegt, die Reiter verließen das Deck. Der Fährmann sah ihnen zu. Er stand starr auf einen Stab gestützt im Heck des Bootes und wandte Hagen den Rücken zu.

Als der letzte Reiter im Wald verschwunden war, der Straße nach Worms entgegen, wandte der Fährmann plötzlich den Kopf.

Hagens Züge gefroren.

Wo das Gesicht des Mannes hätte sein sollen, war nichts als ein kreisender Wasserstrudel, außen grau und schäumend, in der Mitte aber schwarz wie ein wirbelndes Auge.

Höhnisches Gelächter drang vom Fluß herüber.

Alle außer Hagen hielten es für das Tosen der Strömung.

Drei Tage später passierte Hagens Reitertrupp den ersten Grenzstein zum Lehen des Otbert von Lohe. Die Burg des Grafen lag auf einem schroffen Felsen oberhalb des Flusses. Auf den umliegenden Hängen wurde Wein angebaut, am Ufer lagen Fischerboote. Die Sonne wanderte dem Horizont entgegen und tauchte den Rhein und die Weinberge in Gold. Ein Omen, dachte Hagen alarmiert, ohne jedoch die Bedeutung zu erkennen.

Die Pferde trugen sie bergauf, über einen geschlängelten Hohlweg, der vor einem zerklüfften Felsgraben endete. Ein Horn ertönte auf den Zinnen der Burg, dann senkte sich mit einem erbärmlichen Quietschen die Zugbrücke über die Kluft. Die Hufe schlugen hart auf die Holzbohlen, als Hagen und seine Garde in die Festung einritten.

Denn eine Festung war es wohl, mehr noch als die Burg derer von Tronje. Dies war das Heim eines Kriegers, ganz ohne Zweifel. Hoch und mächtig überschauten drei Türme das Land am Fluß, und die Mauern waren dick genug, um einem Ansturm der Götter selbst standzuhalten (so wenigstens erschien es Hagen, der in seinem Leben erst zwei Burgen gesehen hatte, und diese war eine davon).

Auf dem Hof herrschte reges Treiben. Krieger putzten im Licht der Abendsonne ihre Waffen, Pferde wurden abgebürstet, Mägde balancierten Krüge und Körbe von den Nebengebäuden ins Haupthaus. Der Geruch von gebratenem Fleisch hing in der Luft. Otbert von Lohe wollte seinen neuen Schützling mit einem Festmahl willkommen heißen.

Der Graf trat ihnen persönlich entgegen, in seinem Gefolge seine Gemahlin Laurine, seine älteste Tochter Malena und die Jüngste Nane. Am Burgbrunnen in der Mitte des Hofes trafen sie aufeinander.

Otbert war ein großer Mann, breit wie Hagens Vater, wenngleich ein wenig rundlicher um die Hüften. Man sah ihm an, daß es eine Weile her war, seit er zum letztenmal in die Schlacht gezogen war. Seine Züge aber waren hart und unbeugsam, das Haar schlohweiß. Als er lächelte, sah Hagen, daß dem Grafen ein Schneidezahn fehlte.

Seine Frau Laurine war zweifellos einst ein schönes Weib gewesen, mit wallendem graugoldenem Haar, und was das Alter ihr an Schönheit abgefordert hatte, hatte es ihr an Würde und Stolz hinzugegeben. Sie war schlank und hochgewachsen und verbreitete Anmut mit jedem ihrer Schritte. So ganz anders war sie als Hagens Mutter, die die Jahre an Adalmars Seite in die Arme eines Pfaffen getrieben hatten. Laurine trug ein rotes, enganliegendes Kleid und einen braunen, silberdurchwirkten Überwurf. Ihr langes Haar war mit mehreren Goldspangen hochgesteckt. Ihr Blick war gütig und voller Wärme.

Was die beiden Töchter anging – nun, Nane war zu jung, um irgendeinen Eindruck bei Hagen zu hinterlassen; sie hatte höchstens vier Sommer gesehen. Malena aber war in Hagens Alter, vielleicht ein wenig jünger. Sie war schlank und anmutig wie ihre Mutter, ihr weißblondes Haar war mit Silberfäden zu einer Unzahl langer Zöpfe geflochten. Ihr Gesicht war schmal, der Mund klein und von bezaubernder Röte. Rot aber waren auch ihre Augen, und das war das Eigenartigste, das Hagen je an einem Menschen beobachtet hatte – Malena hatte tatsächlich leuchtend rote Augen wie ein Wolfshund in der Nacht. Malenas Haut war von einem zarten Weiß, so rein wie Milch, nur klarer, fast durchscheinend. Der Eindruck unbeschreiblicher Schönheit und der Hauch des Gespenstischen überlagerten sich in ihrer Erscheinung.

Graf Otbert hieß sie willkommen, erst förmlich, ganz dem höfischen Zeremoniell entsprechend, dann mit Schulterschlag und lautem Gelächter. Jeder, auch die niedersten Krieger in Hagens Gefolge, erhielten einen heftigen Handschlag und den überschwenglichen Dank, daß sie Adalmars Sohn sicher hergebracht hatten. Sie sollten am Abend gemeinsam mit der ganzen Burg feiern, ausschlafen und sich erst am nächsten oder gar übernächsten Tag auf den Heimweg machen, ganz wie es ihnen beliebte. Die Krieger waren sichtlich von soviel Freundlichkeit angetan, und Hagen begriff, daß dies bereits seine erste Lektion war: Sei immer gut zu jenen, von denen dereinst dein Leben abhängen mag.

Auch die Gräfin nahm Hagen in den Arm wie die Mutter, die sie ihm für die nächsten Jahre sein wollte. Die kleine Nane kicherte und schaute zu Boden, als Hagen ihr zur Begrüßung über das helle Blondhaar strich, während Malena, die schöne, geheimnisvolle Malena, ihm einen Blick aus ihren roten Augen schenkte, der ihn bis ins Mark erschauern ließ; es war ein wohliger Schauer, der für Hagen eine gänzlich neue Empfindung bedeutete. Er beschloß, daß es ihm in der Burg derer von Lohe gut gefiel, ja, nun war er seinem Vater sogar dankbar für die Entscheidung, ihn hierher zu schicken. Die Menschen begegneten ihm großherzig und voller Freundschaft, und die Mauern der Festung waren so hoch und standhaft, daß nicht einmal der Rhein ihnen etwas anzuhaben vermochte. Ein glühendes Hochgefühl machte sich in Hagen breit, und für eine Weile vergaß er sogar seinen Pakt mit dem Flußgeist.

Gräfin Laurine führte ihn in sein Gemach, eine großzügig angelegte Kammer mit Ausblick auf die bewaldeten Berge. Im stillen war Hagen dankbar, daß er von hier aus nicht auf den Rhein sehen mußte. Es bestärkte ihn nur in dem Glauben, daß sein Geschick sich jetzt zum Guten wenden würde.

Während ihres Weges durch die steinernen Flure der Burg war Nane fröhlich hinter ihnen dreingesprungen. Jetzt erst fiel Hagen auf, daß auch sie rote Augen und schneeweiße Haut hatte; wenn auch nicht so stark ausgeprägt wie bei ihrer älteren Schwester.

Zu Hagens Enttäuschung war Malena nach der Begrüßung verschwunden. Er hoffte sehr, er würde sie später beim Festmahl wiedersehen.

Laurine ließ ihn eine Weile allein, damit er sich frischmachen und die staubige Reisekleidung ablegen konnte. Hagen warf sich langgestreckt auf sein Lager – es war hart und erstaunlich ungemütlich nach all der Behaglichkeit, aber ihm dämmerte gleich, daß auch dies auf Otberts Veranlassung geschehen war. Der Graf wollte gar nicht erst davon ablenken, daß Hagen vor allen Dingen hier war, um die Erziehung eines Kriegers zu genießen. Es war üblich, daß ein Junge von Adel solch eine Lehre nicht am elterlichen Hof genoß, sondern in der Fremde, wo, so nahm man an, seine besten Tugenden zutage treten würden.

Er war wohl eingeschlafen, als es an der Tür klopfte, und eine Kammerzofe ihm mitteilte, daß es an der Zeit für die Feierlichkeiten sei.

Hagen dankte ihr, kleidete sich um und machte sich frohgemut auf den Weg, um an der Tafel seiner neuen Familie die eigene Ankunft zu feiern.

❧

Drei Tage vergingen. Tage voller Lehrstunden im Umgang mit Waffen, Rüstzeug und den ersten Grundzügen der Kriegsführung. Otberts Stallmeister zeigte sich erfreut, wie geschickt Hagen im Umgang mit Pferden war und welch große Geduld er bei der Pflege der Tiere zeigte. In ihm hatte Hagen schnell seinen ersten Fürsprecher und väterlichen Freund gefunden.

Was den Schwertkampf anging, so entdeckte der zuständige Lehrmeister, ein düsterer Ritter mit Namen Adalwig, zahlreiche Mängel in Hagens Fertigkeiten – kein Wunder, denn daheim war der Junge nur oberflächlich in die Kampfkunst eingewiesen worden. Adalwig versicherte Hagen jedoch mit finsterer Miene, daß er die feste Absicht habe, solche Schwächen schnell zu beheben. Hagen stellte sich notgedrungen auf harte Übungsstunden ein.

Die Gräfin selbst prüfte eingehend Hagens Manieren, sein Benehmen bei Tisch und – zu seiner Verblüffung und ihrer Erheiterung – seine Stimmgewalt. Hierzu verlangte sie ihm allerlei Lieder ab, die er krächzend und falsch für sie zum besten gab. Er schämte sich sehr, als sie wie unter Schmerzen das Gesicht verzog, doch gleich darauf brach sie in helles Gelächter aus, umarmte ihn herzlich und lobte ihn über alle Maßen für seine Bereitwilligkeit, seine Fertigkeiten zu schulen. Bald schon war Hagen gewiß, daß Laurine ihm eine bessere Mutter sein würde, als seine eigene es je gewesen war. Er begann sich zu wünschen, nie mehr von hier fortgehen zu müssen.

Graf Otbert sah er während der ersten drei Tage nur zum Essen, das die Familie gemeinsam an einer großen Eichentafel einnahm. Bei diesen Gelegenheiten warf Hagen immer wieder verstohlene Blicke zu Malena hinüber, die ihm jedesmal ein glutäugiges Lächeln schenkte.

Schließlich, am späten Abend des dritten Tages, klopfte es an Hagens Kammertür. Helles Mondlicht erhellte die Fensterscheibe aus dickem, trübem

Glas, ein Nachtvogel schrie in den Wäldern. Hagen hatte bereits geschlafen und brauchte einen Moment, ehe er begriff, daß jemand Einlaß begehrte.

Das Klopfen wiederholte sich, ungeduldiger diesmal. Hagen zog sein langes Nachthemd zurecht und rief: »Ja, bitte?«

Die Tür ging auf – und Hagens Träume von einem Besuch der schönen Malena zerstoben.

Im Schein der Korridorfackeln stand Graf Otbert.

»Komm, Junge«, sagte er düster, »ich will dir etwas zeigen.« Er trug ein Lederwams mit dem Wappen seiner Familie. Auf seinem Rücken hing ein prallgefüllter Köcher. Das Gefieder der Pfeile schimmerte bei jeder Bewegung.

Hagen sprang pflichtbewußt aus dem Bett und drehte sich eilig mit dem Rücken zur Tür, damit Otbert nicht bemerkte, daß seine Zuneigung für Malena sich deutlich unter seinem Nachtgewand abzeichnete. Schnell schlüpfte Hagen in seine Beinkleider, versuchte dabei, das Gesicht des Mädchens aus seinen Gedanken zu vertreiben, und zog sein Wams über.

Wenig später eilte er an Otberts Seite den Gang hinunter, bemüht, mit dem Grafen Schritt zu halten. Die Wandfackeln in ihren Halterungen warfen vereinzelte Lichtinseln in den Korridor, gelbes Flackern spielte auf den Gesichtern der beiden. Otbert hielt einen reichverzierten Langbogen in der Rechten.

»Wo gehen wir hin?« wollte Hagen wissen.
»Das wirst du schon sehen.«
»In den Wald?«
»Du bist neugierig, Junge.«
»Nein, wißbegierig.«

Otbert schmunzelte, sagte aber nichts darauf. Sie traten durch eine niedrige Bogentür und stiegen eine enge Wendeltreppe nach oben. Hagen versuchte vergeblich, seinen Atem im Zaum zu halten, doch schon auf halber Strecke gab er auf und japste erbärmlich. Der Graf dagegen atmete trotz seiner schnellen Schritte regelmäßig und ruhig.

Sie erreichten die obere Platform. Es war der Nordturm, wie Hagen jetzt erkannte. Ein einsamer Wächter stand hinter den Zinnen und blickte höchst erstaunt, als der Graf persönlich aus der Bodenluke stieg.

»Warte unten auf uns«, wies Otbert ihn an.

Der Wachtposten salutierte mit seiner Lanze, dann eilte er durch die Luke nach unten – nicht ohne Hagen vorher einen fragenden Blick zuzuwerfen.

Als die beiden allein auf dem Turm standen, hob Otbert langsam den Arm und wies hinauf in den Nachthimmel.

»Sieh, mein Junge, der Vollmond.«

Hagens Blick folgte Otberts ausgestrecktem Zeigefinger. Strahlend weiß und kugelrund hing der Mond in der Schwärze.

»Bevor dir irgend jemand anders davon erzählt, will ich dir etwas verraten«, sagte Otbert. »Ich weiß, daß hinter meinem Rücken darüber geflüstert wird, doch auch das gehört zum Leben eines Kriegers: Kümmere dich nie um das, was andere über dich sagen mögen.«

Hagen nickte und tat sehr überzeugt von des Grafen Rede. In Wahrheit wunderte er sich, worauf Otbert hinaus wollte. Wiewohl, er stellte keine Fragen, sondern wartete geduldig ab.

»Der Mond ist der älteste Feind der Menschheit«, erklärte Otbert voller Überzeugung. »Viele wissen es nicht, oder sie wollen es nicht wahrhaben. Dennoch gibt es keinen Zweifel, daß es so ist. Der Mond ist unser Feind, er will uns Böses, wo er nur kann. Er weckt Triebe und Gelüste in uns, die uns von Natur aus fremd sind. Er will uns weh tun, und er jubelt stumm, wenn es ihm gelingt. Er lockt die Flut aus den Meeren, läßt das Wasser steigen, bis es ganze Landstriche verschlingt. Er läßt uns nicht schlafen, und manche von uns zieht er magisch an.«

Hagen lauschte mit offenem Mund. Erzählte man sich deshalb, Otbert von Lohe sei verrückt? Er konnte sich vage erinnern, daß Bärbart einmal ähnliche Dinge über die Macht des Mondes gesagt hatte.

Otbert setzte sich zwischen zwei Zinnen und blickte Hagen eindringlich an. »Du hast meine Töchter gesehen. Dir ist etwas an ihnen aufgefallen, nicht wahr?«

»An Euren Töchtern?« stammelte Hagen. Liebe Güte, sollte er sich vorhin doch nicht schnell genug abgewandt haben? Hatte der Graf erraten, was er für Malena empfand?

»Red' nicht drumherum, Junge, und gib mir eine Antwort.« Immer noch war der Blick des Grafen ernst und düster.

Hagen dachte, daß er Otbert Ehrlichkeit schuldete, auch dann, wenn es unangenehm war, die Wahrheit auszusprechen. »Nun, Nane wird sicher einmal ein hübsches Mädchen, und Malena ist jetzt schon... sie ist, nun ja, wunderschön...« Er spürte, wie sein Gesicht rot anlief.

Der Graf hob die rechte Augenbraue so hoch, daß Hagen schon glaubte, sie würde jeden Augenblick gegen seinen weißen Haaransatz stoßen. Dann, völlig unvermutet, überkam den alten Krieger Heiterkeit.

»Ach, mein Junge, die Frauen verdrehen uns Männern die Köpfe wenn sie nur mit den Schultern zucken. Sie mögen sich nichts dabei denken, aber wir... ja, wir werden ihr Lächeln nicht mehr los.«

Er brach ab, als ihm klar wurde, daß er eigentlich auf etwas ganz anderes hinauswollte. »Malena ist wunderschön. Aber das meinte ich nicht.«

Hagen, der sich vor Beschämung am liebsten vom Turm gestürzt hätte, wich dem Blick des Grafen aus. »Dann meint Ihr ihre Augen?«

»Allerdings.« Otbert sah an Hagen vorbei zum Mond. Um seine Mundwinkel legte sich ein Zug der Verbitterung. »Die Alten flüstern über die Augen meiner Töchter. Sie raunen sich Dinge darüber zu, auch über das Weiß ihrer Haut. Eine Vettel verkündete hinter meinem Rücken, die Kinder könnten verhext sein, und es sei für alle besser, wenn man die Mädchen fortschicke oder« – er zog scharf die Luft ein – »sie sogar töte.«

Hagen mußte unwillkürlich an das denken, was ihm selbst widerfahren war, an den grausamen Ratschlag Bärbarts, und er war drauf und dran, Otbert davon zu erzählen. Doch es stand ihm nicht zu, den Grafen zu unterbrechen.

»Ich habe die Alte verbrennen lassen«, fuhr Otbert fort. »Vorher brachte ich sie dazu, ihre Worte zu widerrufen. Seitdem höre ich nur noch wenig von dem, was gemunkelt wird, aber ich habe keinen Zweifel, daß die alten Vorurteile immer noch genährt werden.« Er zog Hagen an der Schulter herum, damit ihnen beiden das weiße Licht des Mondes geradewegs in die Gesichter fiel. Hagen erschrak, riß sich aber zusammen. »Schuld an allem ist nur der Mond«, sagte Otbert.

»Wie meint Ihr das?«

»In der Nacht, als Malena geboren wurde, schien der Vollmond vom Himmel. Und es war genauso, als Nane zur Welt kam. Beide sind Mondkinder, verstehst du?«

Hagen verstand nicht, nickte aber trotzdem.

»In manchen Nächten steigen Malena und Nane aus ihren Betten und wandeln schlafend durch die Burg. Es zieht sie zum Mond hinauf, sie geistern durch die Flure und Hallen, bis sie ein Fenster finden, durch das der Mondschein hereinfällt. Dort stehen sie dann die ganze Nacht, lächeln verträumt zum Mond empor und baden in seinem Licht. In einer Nacht wurde die Gräfin von den Wachen alarmiert: Malena tanzte nackt auf den Zinnen der Burg, schien niemanden wahrzunehmen, und als Laurine sie weckte, konnte sie sich an nichts mehr erinnern. Sie wußte nicht einmal, wie sie hinauf auf die Mauern gekommen war.«

Die Vorstellung jagte Hagen einen warmen Schauer über den Rücken. Er fragte sich, weshalb Graf Otbert ihm überhaupt davon erzählte. Wollte er ihn nur auf mögliche Seltsamkeiten vorbereiten, die er in der Burg erleben mochte?

Otbert packte Hagen an beiden Schultern. »Bevor du ein wahrer Krieger wirst und mit Schwert und Axt auf die Schlachtfelder ziehst, sollst du wissen, daß kein Feind in Menschengestalt die Bösartigkeit des Mondes übertrifft. Er ist unser ewiger Widersacher, unser Gegner jetzt und immerdar.«

Er ließ Hagen los, packte seinen Bogen und zog einen Pfeil aus dem Köcher. In einer einzigen, blitzschnellen Bewegung legte er den Pfeil auf die Sehne, spannte die Waffe und zielte geradewegs auf den Vollmond.

»Was –«, begann Hagen verwirrt, doch Otbert unterbrach ihn:

»Still«, zischte er. »Sieh einfach nur hin.«

Der Graf ließ die Sehne los, der Pfeil surrte hinaus in die Nacht, genau auf die Mondscheibe zu. Hagen sah, wie er im Zentrum des weißen Lichtes verschwand.

»Getroffen!« rief Otbert aus, doch in seiner Miene war keine Freude. »Ich treffe ihn immer, wieder und wieder. In jeder Vollmondnacht schieße ich ihm einen ganzen Köcher voller Pfeile in sein verfluchtes leuchtendes Herz, und doch ist es mir nie gelungen, ihn vom Himmel zu holen.«

»Kann denn ein Pfeil bis zum Himmelszelt fliegen?« fragte Hagen verwundert.

»Diese hier schon.« Otbert griff stolz zum Köcher und zog einen zweiten Pfeil hervor. »Ich habe sie von einem alten Waffenmacher anfertigen lassen. Es sind die besten und zielsichersten Pfeile, die die

Welt je gesehen hat. Ich habe noch nie ein Ziel damit verfehlt.«

»Dann sind es magische Pfeile?«

»Mir jedenfalls scheinen sie so. Der Mann, der sie hergestellt hat, ist lange tot, und jene in meiner Waffenkammer sind die letzten aus seiner Werkstatt. Ich benutze sie nur noch, um den Mond damit zu verletzen, zu nichts anderem.«

»Aber wenn sie nie fehlgehen, wäre es dann nicht gut, sie zur Jagd zu verwenden?«

Otberts Züge verhärteten sich, als er abermals auf den Vollmond zielte. Einen Augenblick später schien auch der zweite Pfeil im Zentrum des Mondlichts zu verglühen.

»Keine Jagd ist wichtiger als die auf den Mond«, sagte der Graf voller Überzeugung, während er schon zum dritten Pfeil griff. »Kein Krieg ist nötiger. Kein Kampf ehrenvoller. Töte den Mond, und du tötest den Feind jedes Menschen.«

»Aber wenn ihn all Eure Pfeile nicht zerstören können, was bleibt da noch für eine Möglichkeit?«

»Es gibt nur den nächsten Versuch. Und den übernächsten. Und den darauf. Immer und immer wieder.« Otbert lächelte kühn. »Irgendwann werde ich ihn besiegen.«

Pfeil um Pfeil schoß er nun zum Mond empor, und vom Turm aus sah es tatsächlich aus, als treffe jeder genau ins Ziel.

Hagen brauchte eine Weile, ehe er all seinen Mut gefaßt hatte und fragte: »Habt Ihr je versucht, einen Faden an einen Eurer Pfeile zu binden?«

»Warum sollte ich das tun?«

»Um gewiß zu sein, daß sie ihr Ziel wirklich erreichen.«

Otbert dachte nach. »Welcher Faden könnte so lang sein?«

Eine berechtigte Frage, gestand Hagen sich ein, und schalt sich selbst einen Esel für seinen dummen Vorschlag.

Fortan schwieg er und sah zu, wie Otbert seinen Köcher leerte.

Schließlich, zwischen zwei Schüssen, sagte der Graf: »Du kannst jetzt zurück in deine Kammer gehen, Junge. Deine Lektion ist für heute beendet.«

Darauf verabschiedete sich Hagen geschwind und kletterte durch die Falltür. Von unten blickte er noch einmal zu dem Krieger hinauf, sah zu, wie Otbert einen Pfeil nach dem anderen in den Himmel schoß, um jedesmal genüßlich den Mund zu verziehen, wenn er seinem Erzfeind gefiederten Stahl in den Glutleib jagte.

❧

Bald schon setzte das Vergessen ein.

Hagen ging nicht mehr hinab zum Ufer, er wurde die meist Zeit im Innenhof der Festung geschult. Die Ausritte an der Seite des Stallmeisters führten ihn tiefer ins Hinterland der Burg, durch die Weinberge und grünen Hügel, über ihre Gipfel und Kämme hinweg auf die andere Seite. Wenn er aus dem Fenster seiner Kammer sah, dann blickte er hinaus auf die Wälder, nicht auf den Fluß, und kaum jemand, mit dem Hagen zu tun hatte, erwähnte den Strom am Fuße des Felsens, kaum jemand ging gar selbst dort hinunter. In der Burg galt der Rhein kaum mehr als jedes Weizen- oder Rübenfeld, man labte sich nicht an seinem Anblick und überließ es den Fischern, seine Schätze zu bergen.

So kam es, daß Hagens Furcht vor dem Fluß in immer weitere Ferne rückte. Es war aber kein völliges Vergessen. Hagen entsann sich sehr wohl seiner Abmachung mit den Wasserfrauen, des Tributes, den sie verlangt hatten – und ihrer Drohung. Doch je länger sein letztes Opfer zurücklag, desto diffuser wurde auch seine Erinnerung daran. Er schob seine Ängste von sich, fühlte sich in der Burg sicher und geborgen, und obgleich er sich sagte, es müsse bald an der Zeit für ein neues Goldopfer sein, so ließ er doch den rechten Zeitpunkt verstreichen.

Ein voller Mond verging, ohne daß Hagen sich an seinen Handel mit den Wasserfrauen hielt, ein zweiter brach an, und nichts geschah. Keine Racheengel mit Gesichtern aus Wasserstrudeln, keine zürnenden Geister, die über ihn und die seinen kamen. Hagen gewann die Gewißheit, daß ihm der Fluß nichts mehr anhaben konnte, seit er ihn mied. Die Worte der Wasserfrauen waren nichts als leere Drohungen gewesen.

Der dritte Mond ging über der Burg auf, und Hagen glaubte allmählich sicher sein zu dürfen, daß Malena seine Zuneigung erwiderte. So faßte er sich schließlich ein Herz und bat sie scheu um einen gemeinsamen Ausritt. Malena tat, als überlege sie einen Augenblick, dann stimmte sie zögernd zu. Nicht gerade stürmisch, dachte Hagen, aber das mochte in ihrer zarten Natur liegen. Es war völlig unmöglich, sich dieses verletzliche Geschöpf in einem Zustand von Euphorie oder nur verhaltenem Jubel vorzustellen. Ihr ganzes Wesen war leise und zurückhaltend, lautlos waren sogar ihre Schritte, und oft stand sie ganz unvermittelt neben einem, ohne daß man ihr Nahen bemerkt hätte.

An einem Herbstnachmittag, gegen Ende seines dritten Mondes in der Burg, sattelte Hagen ihre Pferde, und wenig später schon ritten sie Seite an Seite durch die rotgelbe Pracht der Wälder. Malenas Mutter hatte den Ausflug gestattet und den beiden sogar zugestanden, auf Wachen zu verzichten. Sie nahm wohl an, daß die zarte Malena über genügend innere Stärke verfügte, den Schmeicheleien des stürmischen Hagen zu widerstehen.

Sonnenstrahlen fielen durch das Laubdach der Wälder, während sich die beiden langsam von der Festung entfernten. Malena wurde mit jedem Schritt, der sie von der Burg fortbrachte, gesprächiger. Das Herbstlicht färbte das Weiß ihrer Wangen golden und ließ sie gesünder als sonst erscheinen. Sie gestand Hagen, daß sie bislang das Sonnenlicht gemieden habe, ohne besonderen Grund, einfach so, daß sie nun aber froh sei, es an seiner Seite wiederzuentdecken.

Hagen schmeichelte das sehr, obgleich er sie nicht wirklich verstand – vielleicht war er bereits zu sehr Krieger, um die feinsinnigen Empfindungen junger Edeldamen nachzuvollziehen. Sein Blick hing gebannt an Malenas Lippen, an ihrem Körper, der hellen Schimmerflut ihres Haars. Während sie über die Schönheit der Bäume sprach und über die Tatsache, daß diese Schönheit doch nur verschleiere, daß gerade ein großes Sterben – das des Laubes – im Gange war, hatte Hagen nur Augen für sie selbst. Freilich, wenn sie auf einen besonders schön gefärbten Baum wies, dann folgte sein Blick ihrem Wink, doch in Wahrheit sah er dabei nicht den Baum, sondern nur Malenas Elfenfinger.

Er ertappte sich dabei, daß er die meiste Zeit über schwieg und einfach nur lauschte, was sie zu sagen hatte. Er genoß, wie sie aus sich herausging, Schale um Schale ihrer Zurückhaltung abwarf und ihm einen Blick auf die wahre Malena gestattete, ein aufgewecktes, auf seine Art sogar heiteres Mädchen, das sich – vielleicht aufgrund der Vorurteile anderer – freiwillig in ein Gefängnis der Stille und Weltflucht zurückgezogen hatte. Hagen nahm sich insgeheim vor, ihr bei der Befreiung aus diesen Fesseln zu helfen – falls sie seine Hilfe annehmen wollte.

Es dämmerte bereits, als sie beschlossen, zur Burg zurückzukehren. Malena schien ein wenig erschrocken, als ihr klar wurde, wie spät es bereits war, und Hagen hatte ein schlechtes Gewissen; er hatte den heraufdämmernden Abend sehr wohl bemerkt, jedoch nichts gesagt, um das Zusammensein mit Malena so lange wie möglich auszudehnen.

»Werden deine Eltern wütend sein?« fragte er.

»Mutter nicht«, erwiderte Malena und hieb ihrem Pferd die Fersen in die Flanken, »aber bei Vater kann man nie sicher sein.«

Das hatte Hagen befürchtet, und es machte ihn bange. Bislang war er von Otberts Zorn verschont geblieben, doch er hatte von anderen gehört – vor allem von den Stalljungen –, daß die Wutausbrüche des Grafen das Ausmaß von Unwettern annehmen konnten. Wer sich nicht schnell genug in Sicherheit brachte, den trafen sie mit schrecklicher Gewalt.

Da sagte Malena: »Du brauchst keine Angst zu haben. Ich werde sagen, wir hätten uns verirrt. Ich bin so selten hier draußen, daß mir jeder glauben wird, wenn ich behaupte, ich hätte mich nicht mehr an den rechten Weg erinnert.«

»Ich habe keine Angst«, empörte sich Hagen.

»Natürlich nicht.«

»Glaubst du mir nicht?«

»Oh, sicher doch. Du hast bestimmt keine Angst.«

Er wußte, daß sie ihn ärgern wollte, und sogar daran erfreute er sich. Wer hätte gedacht, daß Malena ihm einmal solche Aufmerksamkeit entgegenbringen würde?

Als sie den Hügelkamm erreichten, von dem aus sie die Burg sehen konnten, war es beinahe dunkel geworden. Die laue Wärme des Tages wich, und die Kälte der Nacht kroch aus ihren Verstecken hervor.

»Es wird windig«, sagte Malena und raffte ihren Mantel enger um den zerbrechlichen Leib.

Hagen nickte zustimmend. In Wahrheit aber schien es ihm, als sei der Wind nicht ganz so plötzlich aufgekommen, wie Malena glaubte – vielmehr vermeinte er, der Wind habe vor ihnen auf sie *gewartet*. Schon von weitem hatte er gesehen, wie sich rund um die Burg die Baumkronen beugten, lange bevor Malena und er etwas davon zu spüren bekamen.

Malena war mit einemmal beunruhigt. »Was ist da los?« fragte sie verunsichert und deutete voraus zur Festung.

Finster hob sich das Gemäuer vom Abendrot ab. In keinem der Fenster brannte Licht, als hätte der Wind alle Fackeln ausgeblasen.

Malena wollte ihr Pferd erneut zum Galopp antreiben, doch Hagen stellte sich ihr in den Weg. »Laß mich vorausreiten«, sagte er und gab sich Mühe, seinen Zügen Entschlossenheit zu verleihen.

»Warum?« Ihre Stimme war eine Spur zu schrill. Ein Anflug von Panik schwang darin mit, in ihren roten Augen glomm ein zorniger Funke. »Weshalb sollte das nötig sein?«

Hagen verkniff sich eine Erklärung und sagte noch einmal: »Laß mich erst nachsehen. Bitte, Malena, warte hier auf mich.«

Ihr Pferd tänzelte, als es von der Unruhe seiner Herrin angesteckt wurde. Plötzlich trat Malena dem Tier in die Seiten, so daß es einen gewaltigen Satz nach vorne machte. Hagen konnte sein eigenes Pferd gerade noch zur Seite reißen, da sprengte Malena auch schon an ihm vorüber. Mit wehendem Kleid und flatterndem Umhang raste sie den Hügel hinunter, durch die Weinberge und auf die Burg ihrer Väter zu.

Hagen brüllte ihr hinterher, sie möge stehenbleiben, dann trieb er fluchend sein Tier zum Galopp.

Im Abstand von zehn Mannslängen jagte er hinter ihr den Weg hinab, umwabert vom Rot der Abenddämmerung.

Als sie die Kluft rund um die Burg fast erreicht hatten, da war es Hagen, als höre er zum ersten Mal seit langer Zeit wieder das Flüstern der Strömung, tief unten aus dem Tal herauf. Sie klang nicht länger verspielt oder höhnisch. Jetzt loderte eine Wut in ihr, die verzehrender war, als jede, die ein Mensch hätte fühlen können.

Da wußte Hagen, daß er Malena verlieren würde, wenn er sie nicht vor der Zugbrücke aufhielt.

Gellend rief er ihren Namen, doch sie dachte gar nicht daran, ihr Pferd zum Stehen zu bringen. Die Hufe wirbelten Schmutzfontänen auf, Schweif und Mähne wehten genauso wie Malenas weißblondes Haar. Noch zwanzig Schritte, dann war sie an der Kluft. Die Zugbrücke war heruntergelassen und unbewacht. Das hohe Tor dahinter klaffte schwarz wie ein schreiender Schlund.

Hagen trieb sein eigenes Pferd zu noch größerer Eile an. Aber er erkannte auch, daß es zu spät war, um Malena jetzt noch einzuholen. Das Mädchen preschte über die Zugbrücke, mit einer Entschlossenheit, die er ihr nicht zugetraut hätte. Augenblicke später war sie im Dunkel der Burg verschwunden.

Hagen schloß die Augen und folgte ihr blindlings. Er wußte genau: Was hier geschehen war – und noch geschehen würde –, war ganz allein seine Schuld. Wenn es eines gab, das er noch tun konnte, so war das, Malenas Leben zu retten.

Der Innenhof war menschenleer. Spuren aus Nässe und Wasserlachen trafen sich sternförmig in seiner Mitte, dort wo der alte Burgbrunnen stand. Was auch immer geschehen war, es hatte dort seinen Anfang und sein Ende genommen.

Malena stieg vom Pferd. »Mutter!« schrie sie laut zu den finstern Gebäuden hinüber. »Vater!« Ihre Stimme hallte schrill von den Steinwänden wider.

Keiner gab Antwort.

»Wo seid ihr alle?« Malenas Gesicht war eine Maske der Verzweiflung. Sie fuhr zu Hagen herum, blickte ihm entgegen, als er durch den Torbogen preschte. »Was ist denn nur passiert?« Es klang flehentlich, als könnte Hagen das Unaussprechliche ungeschehen machen.

Auch er sprang vom Pferd, lief auf sie zu. Die beiden Tiere wieherten schrill, als hätten sie in den Schatten etwas wahrgenommen. Plötzlich warfen sie sich herum und galoppierten in heilloser Panik aus dem Tor. Hagen und Malena blieben allein auf dem verlassenen Burghof zurück.

»Ich weiß es nicht«, log er im Näherkommen. »Aber wir müssen hier weg!«

»Weg?« Ihre Züge bebten, Tränen flossen über ihre Wangen. Auch Hagen begann zu weinen.

»Sie müssen doch irgendwo sein«, schluchzte Malena.

Schlagartig drehte sie sich um und rannte quer über den Hof zum Haupthaus. Die doppelflügelige Tür stand offen.

Diesmal aber war Hagen schneller. Er erreichte sie, bevor sie in den Schatten des Hauses trat, riß sie zurück, hielt sie fest.

»Was immer das getan hat«, keuchte er atemlos, »es ist bestimmt noch in der Nähe.«

»Das *was* getan hat?« brüllte sie ihn an. Es war der Moment, in dem sie begriff, daß er mehr wußte, als er zugeben wollte.

»Sie sind fort, das siehst du doch«, gab Hagen zurück. Malena versuchte sich loszureißen, doch er hielt sie eisern fest und verachtete sich dafür. Es war, als täte er ihr Gewalt an.

»Ich will nachsehen!« schrie sie ihn an – und stieß zugleich das Knie vor!

Hagen wurde im Unterleib getroffen, bekam einen Moment lang keine Luft mehr und löste seinen Griff um ihre Arme. Malena schwankte erschöpft herum, stürmte weiter zur Tür.

»Nicht!« schrie Hagen hinter ihr her, doch abermals sah er sie im Dunkel verschwinden.

Er nahm all seine Kraft zusammen und taumelte

hinter ihr auf das Haupthaus zu, der aufgerissenen Doppeltür entgegen. »Malena!« rief er immer wieder. »Malena!«

Sie aber gab keine Antwort. Er hört ihre leichten Schritte in den fernen Gängen, den Hall ihres Atems, ihre Rufe nach Mutter und Vater und anderen Vertrauten.

Doch als er selbst in die Finsternis des Gemäuers trat, da verstummten die Laute. Keine Schritte mehr, kein Atem, keine Rufe.

Verzweifelt lief er in die Richtung, aus der die Geräusche zum letzten Mal erklungen waren. Überall auf den Gängen, auf Treppenabsätzen und in den verlassenen Hallen traten seine Füße in Wasserpfützen. Er riß eine der erloschenen Fackeln aus ihrer Halterung, um sie als Knüppel zu benutzen; sie triefte vor Näße. Es war so finster, daß er kaum mehr sehen konnte, wohin er seine Füße setzte, aber es war nicht die Dunkelheit, die ihm solche Furcht einjagte.

Immer wieder rief er Malenas Namen, doch sie antwortete nicht. Fast blind vor Tränen lief er durch die Festung, stieß Türen auf, blickte Treppenfluchten hinab, schrie in jeden Saal, in jede Kammer.

Es dauerte lange, ehe er sich die Wahrheit eingestand.

Malena war fort wie all die anderen.

Seine taumelnde Suche brachte ihn irgendwann

zurück zum Eingang des Haupthauses. Durch Tränenschleier blickte Hagen nach draußen. Der Vollmond war aufgegangen und überzog den Innenhof mit silbrigem Glanz.

Am Rande des Brunnens standen drei Gestalten. Eine von ihnen hielt einen leblosen Körper im Arm.

Hagen kämpfte gegen seine Erstarrung an, trieb sich selbst unter Aufbietung aller Kräfte vorwärts. Die Fackel fiel aus seiner Hand, polterte zu Boden. Er brauchte sie nicht mehr.

»Was... was habt ihr getan?« stammelte er mit erstickter Stimme.

Die drei Wasserfrauen blickten ihm stumm entgegen. Ihre Gesichter lagen im Dunkeln, obgleich da nichts war, das den Schatten hätte werfen können. Eine von ihnen stand hoch auf der Ummauerung des Brunnens, sie trug die reglose Malena in den Armen. Die beiden anderen standen rechts und links von ihr am Boden.

»Bitte!« flehte Hagen. »Tut ihr nichts! Sie will doch niemandem etwas Böses!«

Der Mond spiegelte sich in der Wasserlache, die sich rund um die Frauen angesammelt hatte. Sein Abbild erbebte, als eine von ihnen mit einem grotesk weiten Schritt auf die Brüstung trat. Die letzte tat es ihr gleich, dann standen sie alle auf der Mauer, ihre Rücken dem Brunnenschacht zugewandt.

»Bitte!« rief Hagen noch einmal. »Ich tue alles, was ihr verlangt. Es muß Gold in der Burg geben, viel Gold. Der Fluß kann es haben. Aber, bitte, laßt mir Malena!«

»Gold«, wiederholte eine der Frauen abfällig. Es klang, als speie sie ihm vor die Füße.

Jene, die Malena hielt, drehte sich um und machte einen Schritt in den Brunnen, als sei dort eine unsichtbare Treppe, die in die Tiefe führte. Stufe um Stufe verschwand die Kreatur mit ihrem Opfer im Schacht.

»Nein!« Hagen hörte sich selbst wie einen Fremden aufschreien. Er stürmte vor, bereit, mit bloßen Händen auf die Wasserfrauen loszugehen. Er würde nicht zulassen, daß sie Malena forttrugen wie all die anderen!

Die erste Frau war schon im Abgrund des Brunnens versunken, die zweite folgte ihr. Jene aber, die noch auf der Ummauerung stand, hob eine Hand und streckte sie Hagen in einer herrischen Geste entgegen.

»Sie ist tot«, peitschte ihre Stimme über den Hof. »Alle sind tot.«

Wenige Schritte vor dem Brunnen kam Hagen zum Stehen.

Die letzte Wasserfrau wandte sich um, stieg in die Tiefe. Noch einmal drehte sie ihr Gesicht zu ihm um, das lange Haar öffnete sich wie ein Vorhang, die

Schatten verdampften – zu kurz, als daß sie ihr Geheimnis offenbart hätten.

Hagen wandte die Augen ab. Stumm brach er zusammen, nicht bewußtlos, aber bar jeden Lebensmutes.

Die Frau folgte ihren Schwestern ins Dunkel.

Hagen hob das Gesicht. Der Hof lag leer im Mondlicht.

Als endlich der Morgen dämmerte, stolperte der Junge auf die Beine, suchte im Haus nach Waffen, nach Rüstzeug und Langbogen, fand Otberts Mondpfeile in der Waffenkammer und rüstete sich wie ein Krieger. Dann trat er aus dem Tor, wanderte hinaus in die Berge. Zurück blieben der Brunnen, die Brücke, die Burg. Seine Jugend.

Kapitel 7

»**D**er Siebenschläfer ist der Wächter des Herbsthauses«, sagte Nimmermehr und zog ihre Finger von Hagens Hand zurück.

Es war das letzte, das er für lange Zeit von ihr hörte. Als er seinen Schrecken überwunden hatte und sie ansprach, gab sie keine Antwort mehr. Seine Hände tasteten blind ins Leere. Nimmermehr war fort. Er hatte nicht einmal gehört, wie sich ihre Schritte entfernten.

Einen Moment lang überkam ihn nacktes Grauen. Die Schwärze schien von allen Seiten nach ihm zu greifen, ihn in ihren Abgrund zu ziehen, hinab zu dem Ding, das darin lauerte.

Dann aber riß er sich zusammen und dachte nach. *Das Herbsthaus*. Es war an der Zeit, daß er erfuhr, was es damit auf sich hatte. Doch viel dringender schien ihm, die Wahrheit über Nimmermehr zu erfahren. Über ihre Ziele. Über das, was sie vom Siebenschläfer wußte.

Wohin war sie verschwunden? Warum wich sie seinen Fragen aus?

Wer war sie überhaupt?

Hagen stemmte sich an dem gefällten Baumstamm auf die Beine. Seine Lage war hoffnungslos. Er war blind, allein, unbewaffnet und wurde von einer Meute Verrückter gejagt.

Das Vernünftigste wäre gewesen, sich wieder hinzusetzen und ergeben auf den Tod zu warten. Aber es war nicht die Vernunft, die ihn antrieb. Sie am allerwenigsten.

Er stand still, hielt den Atem an und versuchte, sich zu orientieren. Nimmermehr hatte gesagt, er befände sich am Nordende der Landzunge, unweit des Dorfes. Seine Ohren sagten ihm, daß der Fluß vor ihm strömte, ebenso rechts und links. Dann mußten die Häuser hinter ihm liegen.

Wenn er sich so nahe am Wasser befand, wo

waren dann die Wächter, von denen Nimmermehr gesprochen hatte? Mußten sie ihn nicht unweigerlich entdecken, wenn er sich von dem Baum entfernte?

Stimmen wurden hinter seinem Rücken laut. Mehrere Männer, die näher kamen.

Hagen ließ sich fallen und rollte unter den gefällten Baumstamm, der ein leidlich gutes Versteck abgab. Er schloß die Augen – als ob das einen Unterschied machte! – und lauschte.

Jemand fluchte, ein anderer stieß ein gedämpftes »Nun seht euch das an!« hervor. Sie waren noch zu weit entfernt, um Hagen entdeckt haben zu können – wenigstens redete er sich das ein. Allmählich kamen ihre Schritte näher, jetzt viel schneller. Sie rannten an seinem Versteck vorbei, ohne ihn zu bemerken, weil irgend etwas anderes ihre Aufmerksamkeit beanspruchte.

Er hörte, wie sie stehenblieben, unweit des Ufers.

»Sind sie tot?« fragte einer.

»Nein«, erwiderte ein anderer. »Bewußtlos.«

»Der Hundsfott muß sie niedergeschlagen haben.«

»Ich seh' keine Wunden. Aber ihre Gesichter...«

»Als wäre ihnen der leibhaftige Satan erschienen«, stöhnte jemand.

Sie haben irgendwen gefunden, dachte Hagen.

Und dann durchfuhr ihn die Erkenntnis: Das konnten nur die Wächter sein. Offenbar lagen sie ohne Bewußtsein am Ufer, mußten dort schon gelegen haben, während er mit Nimmermehr sprach.

»Der Kerl ist ins Wasser gegangen«, sagte einer der Männer. »Er hat sie von hinten überrumpelt und ist dann an Land geschwommen.«

»Dann kriegen wir ihn nicht mehr.«

»Was soll's«, meinte einer ergeben. »Der war sowieso blind. Außerdem liegt das Gold sicher beim Vorsteher.«

Den Geräuschen nach machten die drei sich an den Bewußtlosen zu schaffen. Ohrfeigen ertönten, dann leises Stöhnen. Wasser klatschte irgendwem ins Gesicht.

»Sieht aus, als müßten wir sie tragen.«

»Verfluchter Mist!«

»Ich hätte den Kerl gern brennen sehen.«

»Ach, was. Wir hätten ihn doch nur mit rauf zu den Hütten schleppen müssen.«

»Du bist jetzt wohl auf der Seite von diesem Schweinehund?« fuhr einer auf.

»Paß auf, was du sagst!«

Ein schnelles Rascheln ertönte, dann ein dumpfer Schlag.

»Hört auf, verflucht nochmal!« schrie der dritte Mann.

Noch mehr Rascheln, unterdrückte Flüche und Beschimpfungen, dann war der Streit geschlichtet.

»Wir haben keine Zeit für eure Kindereien. Das Wasser steigt immer schneller. Bis zum Abend muß das Dorf geräumt sein.«

»Die Frauen und Kinder müßten mittlerweile alle an Land sein.«

»Wenigstens sind dann die Hütten sauber, wenn wir kommen.« Jemand lachte rauh.

»Hast du deinen Karren schon beladen?«

»Ich denke gar nicht dran. Ich hab alles unterm Dach verstaut. Das Wasser reicht fast schon bis zur Brücke. Wenn das den Karren mitreißt, dann schwimmt mein Zeug im Fluß. Nee, oben im Haus ist es sicherer, bis dahin steigt das Hochwasser nicht.«

»Wollen wir hoffen, daß es nicht wieder über die Dächer steigt.«

»Hört endlich auf mit dem Gerede und packt an! Du bist am stärksten, du kannst Norwin allein tragen. Wir beiden schnappen uns Wibald.«

Jener, der einen Mann allein tragen sollte, murrte. »Ich hätte Lust, den Dummkopf hier liegen zu lassen. Läßt diesen blinden Bastard einfach entkommen...«

»Norwins Weib wird dir den Arsch versohlen, wenn du ihren Goldschatz ersaufen läßt.« Der Sprecher kicherte.

»Fangt ihr jetzt schon wieder an?«
»Ist ja gut«

Stöhnen und Keuchen verriet, daß die Ohnmächtigen aufgehoben und davongetragen wurden. Wenig später kehrte Ruhe ein, die Männer waren fort.

Hagen lag stocksteif in seinem Versteck. Ein einziges Wort hallte wie ein Echo in seinem Kopf wider.

Hochwasser.

Warum hatte Nimmermehr ihn nicht gewarnt? Was für ein Spiel spielte sie mit ihm?

Die Vorstellung, auf der Halbinsel gefangen zu sein, während von allen Seiten das Wasser herankroch, ohne einen Ort zur Flucht – wenigstens nicht für einen Blinden –, jagte ihm eisiges Entsetzen ein.

Noch einmal überkam ihn die Erkenntnis: Zunderwald versank im Rhein, und Nimmermehr hatte ihm nichts davon gesagt! Sie hatte ihn hier sitzenlassen, allein, auf sich gestellt, während die Menschen in ihre Fluchthütten am Ufer entkamen.

Mühsam rief er sich zur Ruhe, versuchte, sich allein auf das zu konzentrieren, was er als nächstes tun mußte. Fest stand, daß er ungesehen ins Dorf gelangen mußte. Am besten war, wenn er sich in Geduld übte und noch eine Weile wartete, bis Zunderwald geräumt war.

Dennoch hatte er keine Wahl. Er mußte abwarten, bis die Leute fort waren. Vielleicht gelang es ihm dann, sich in eines der Häuser vorzutasten und unters Dach zu klettern, dorthin, wo ihn das Wasser nicht erreichen konnte.

Aber auch dann war er noch nicht in Sicherheit. Wie lange würde er dort oben festsitzen, ganz ohne Nahrung und, schlimmer noch, ohne Gold! In spätestens einer Woche war das nächste Opfer fällig.

Freilich, wenn es ihm gelang, vorher das Haus des Vorstehers zu finden, Runolds Schatz zu stehlen und in den Fluß zu werfen ...

Liebe Güte, dachte er und hätte beinahe lauthals aufgelacht; du bist blind! *Blind!* Du kannst nicht einmal drei Schritte ohne fremde Hilfe gehen, und da willst du ein Wunder vollbringen?

Er war nahe daran, endgültig zu verzweifeln. Dennoch riß er sich zusammen, kauerte sich neben dem Baumstamm zusammen und begann zu warten.

Er wartete lange Zeit, während sich in seinem Kopf die Gedanken und waghalsigen Pläne überschlugen, die er ein ums andere Mal verwarf.

Währenddessen glaubte er zu hören, wie der Fluß immer näher kam. Das Rauschen schien lauter zu werden, das abscheuliche Flüstern der Strömung deutlicher. Gelegentlich hörte er laute Rufe, die vom Dorf herübertönten, manchmal auch das Knirschen von Karrenrädern. Immer wieder erklang das Getrappel von Hufen auf Holz. Daß die Dorfbewohner die Brücke benutzten, schien ihm ein Hinweis darauf, daß die Landverbindung zum Ufer längst unter Wasser stand.

Es war schwierig, die Länge eines Tages abzuschätzen, doch als Hagen keine Geräusche mehr vom Dorf her hörte und sein Gefühl ihm sagte, daß es Abend geworden war, machte er sich auf den Weg.

Den Tag über hatte er hin und wieder geglaubt, vor seinem rechten Auge erneut einen Schimmer von Helligkeit wahrzunehmen. Er war nicht sicher, ob ihm nicht seine Einbildungskraft einen Streich gespielt hatte, aber er setzte all sein Hoffen auf diesen winzigen Lichthauch. Wie lange konnte es jetzt noch dauern, bis er auf dem einen Auge wieder sehen konnte? Drei Tage? Drei Wochen? Er hatte nicht die geringste Vorstellung.

Er kämpfte sich erneut auf die Füße und war verwundert, wie starr seine Glieder vom langen Sitzen geworden waren. Mit einem festen Stock, den er tastend zwischen den Bäumen gefunden hatte, suchte er nach Anzeichen für einen befestigten Weg, den die Männer am Morgen gegangen sein mochten.

Er fand ihn schon nach wenigen Schritten. Hier war der Boden festgeklopft und federte nicht wie am Fuß der Bäume; auch lagen keine Äste und Steinbrocken umher. Mit seinem Stock tastete er sich vor und betete, daß Zunderwald wirklich verlassen war. Wenn man ihn jetzt entdeckte, würde man ihn auf der Stelle töten.

Doch niemand schien ihn zu sehen. Nach zwanzig Schritten wandte er sich versuchsweise nach rechts und ging so lange vorwärts, bis sein Stock gegen eine feste Wand stieß. Ein Haus. Also hatte er die Grenze des Dorfes überschritten.

Er wandte sich wieder um und setzte seinen Weg fort, ließ die Stockspitze dabei an der Mauer schleifen. Er wünschte sich einen zweiten Stock, mit dem er den Boden vor sich hätte abtasten können, gemahnte sich aber, daß das Glück ihm wohl hold genug gewesen war.

Das nächste Gebäude war leicht nach hinten versetzt. Hagen kam an eine Tür, überlegte, ob er hineingehen sollte, entschied sich aber dann dagegen.

Das Schleifen des Stockes war nicht zu überhören. Falls sich wirklich noch jemand in Zunderwald befand, so mußte er Hagen jetzt bemerkt haben. Noch immer aber rührte sich nichts. Auch als er noch einmal stehenblieb und lauschte, war alles, was er hörte, ein Fensterladen, der im Wind auf und zu schlug.

Er fragte sich, ob die Dorfbewohner keine Wachen aufgestellt hatten. Für Räuber mußte es ein leichtes sein, von der Flußseite in Zunderwald einzudringen und die verlassenen Häuser zu plündern.

Die Fluchthütten lagen sicher nicht allzu weit entfernt, wahrscheinlich am nahen Uferhang, da, wo das Hochwasser sie nicht erreichen konnte. Wenn die Dorfbewohner ihn von dort aus entdeckten, würden sie sicher jemanden herunterschicken, der ihn ein für allemal erledigte.

Dann fiel ihm ein, daß es vielleicht schon dunkel war. Ja, bestimmt war es das. Deshalb sah niemand, wie er sich durch die leeren Straßen schleppte! Dann hatte er tatsächlich lange genug gewartet. Ein kleiner, aber wichtiger Erfolg.

Ruckartig blieb er stehen. Fast wäre er gegen eine Mauer gelaufen; das nächste Haus war weit vorgezogen, oder aber die Straße machte einen Biegung. Er machte eine Vierteldrehung, lief bis zur nächsten Ecke an der Wand entlang und bog dann wieder nach rechts. Den Fenstern und der Tür nach war dies die Vorderseite. Das hieß, die Straße verlief weiter geradeaus.

Ihm war klar, daß er eigentlich gar nicht wußte, was er hier tat. Wenn Nimmermehr nicht bald auftauchte und ihm half, Runolds Gold aus dem Haus des Vorstehers zu holen und in den Fluß zu werfen, konnte er wirklich nichts anderes tun, als sich vor dem Hochwasser auf irgendeinem Dachboden zu verkriechen.

Hagen gestand sich endgültig ein, daß er in Zunderwald gefangen war.

Selbst wenn Nimmermehr zurückkehrte – er konnte ihr schwerlich noch einmal vertrauen. Andererseits war sicher sie es gewesen, die die beiden Wachen überwältigt hatte, damit es so aussah, als sei Hagen schwimmend ans Ufer geflohen. Damit hatte sie zumindest dafür gesorgt, daß nicht mehr nach ihm gesucht wurde.

»He!« sagte eine Männerstimme. »Blinder Mann!«

Hagen blieb stehen. Schützend hob er den Stock wie ein Schwert. Die Bewegung mußte mehr als lächerlich wirken.

Er war ihnen direkt in die Falle gelaufen!

»Ich mag blind sein«, gab er so kühn wie nur möglich zurück, »aber ihr werdet kein leichtes Spiel mit mir haben.«

Ein Moment des Schweigens verging, dann war die Stimme ganz in seiner Nähe. »Wollt Ihr einem Mann Gottes drohen?« fragte sie sanft.

»Jedem, der es wagt, näher zu kommen.«

»Nun, ich *bin* näher gekommen. Aber nicht, um Euch zu schaden. Ihr seht aus, als könntet Ihr Hilfe gebrauchen – meine bescheidene und die unermeßliche des Herrn.«

Hagen ließ sich von den Worten des Mannes nicht beirren. »Sprecht Ihr von der gleichen Art von Hilfe, die Ihr Runold habt zukommen lassen?«

»Wüßte ich, wer Runold ist, könnte ich Euch darauf eine Antwort geben, mein Freund.«

Hagen mußte sich eingestehen, daß dies nicht wie die Stimme eines aufgebrachten Mörders klang. Zudem schien der Sprecher allein zu sein. Es gab weder Gemurmel im Hintergrund noch das Scharren von Füßen. Nur die warmherzigen Worte eines einzigen Mannes.

»Ihr seid ein Mann des Christengottes?« fragte Hagen argwöhnisch.

»In der Tat. Und ich habe so oft Nächstenliebe gepredigt, daß ich Euch schwerlich allein hier draußen stehenlassen kann. Das Hochwasser wird bald die ersten Häuser erreichen.«

»Ist es Nacht?«

»Stockfinstere noch dazu«, gab der Priester zur Antwort. Der Stimme nach war er nicht mehr jung. »Laßt mich Euch in meine Unterkunft führen. Dort können wir ausharren, bis die Gefahr vorüber ist. Es gibt sogar Vorräte im Überfluß. Aber sagt, mein Freund, wie ist Euer Name?«

»Ich bin Hagen von Tronje.«

Eine Hand legte sich sanft auf Hagens Unterarm. Er zuckte kurz, ließ dann aber geschehen, daß der Priester ihn führte. Nach einigen Schritten sagte der Mann: »Mich nennt man Bruder Morten.«

Hagen blieb wie vom Blitz getroffen stehen, öffnete den Mund – und schloß ihn wieder. Es war besser, er würde sich nichts anmerken lassen.

»Seid Ihr aus Zunderwald?« fragte er statt dessen als sie weitergingen.

»Nur auf der Durchreise.«

»Im Auftrag des Herrn, nehme ich an.«

»Aber ja.«

»Weshalb seid ihr nicht vor dem Hochwasser geflohen wie alle anderen?«

»Der Wille des Herrn hat mich hierher entsandt, und ich werde bleiben, bis der Herr mich von hier abberuft. Der Dorfvorsteher war so freundlich, mir für die Zeit meines Aufenthalts sein Haus zur Verfügung zu stellen.«

Hagen blieb gefaßt. »Ihr wohnt im Haus des Vorstehers?«

»Auf dem Dachboden. Man sagte mir, ich sei dort sicher vor dem Hochwasser. Aber vielleicht wird es gar so arg nicht kommen. Ich habe das Dorf gesegnet, damit ihm das Schlimmste erspart bleibt.«

»Ihr glaubt, Euer Segen kann das Wasser zurückdrängen?«

»Wenn es der Wille des Herrn ist, ja.« Schmunzelnd fügte er hinzu: »Moses hat ein ganzes Meer verdrängt, als Gott ihm die Macht dazu gab.«

Hagen wußte nicht, wer Moses war, aber er hielt es für sehr unwahrscheinlich, daß irgendwer Macht über ein Meer haben konnte. »So seid Ihr nach Zunderwald gekommen, um die Worte der Bibel zu verkünden?« fragte er.

Bruder Morten zögerte einen Moment. »Für Segen und Predigt ist immer Zeit, ganz gleich wohin meine Mission mich führt. Aber was ist mit Euch selbst, Hagen von Tronje? Ihr scheint gleichfalls fremd hier zu sein.«

»Ein Mann namens Runold hat mich gezwungen, ihn hierher zu begleiten.«

Der Priester verharrte. »Ihr meint den Mann, der von den Dorfbewohnern hingerichtet wurde? Lieber Himmel, Ihr müßt mir glauben, daß ich versucht habe, seinen Tod zu verhindern.« Er klang jetzt ehrlich aufgebracht, und der Druck seiner Finger auf Hagens Unterarm wurde kräftiger, fast schmerzhaft. »Sie wollten nicht auf mich hören, sagten, er sei ein Sünder vor Gott.«

»Nicht vor dem Euren«, entgegnete Hagen. »Sein Vergehen war es, Menschen zu Göttern zu machen – zumindest ließ er die Leute das glauben. Er hat einen schönen Batzen Gold damit verdient, wie ich hörte.«

»O ja«, stöhnte Bruder Morten. »Das hat er wohl. Die Dorfbewohner haben es sichergestellt und im Haus des Vorstehers untergebracht. Ich erklärte ihnen, daß auch das eine Art der Sünde wäre, aber sie stritten es ab. Schließlich versprachen sie mir, es den Vertretern der christlichen Kirche zukommen zu lassen.«

»Also Euch«, bemerkte Hagen.

»Mir?« fragte Morten entsetzt. »Der Herr bewahre mich vor solchen Gaben. Nein, ich könnte es auf meinen Reisen nicht einmal tragen, geschweige denn ausgeben. Ich bin ein bescheidener Mensch. Gold ist eher für die Kirchenherren bestimmt, für den Bau neuer Gotteshäuser.«

»Der Vorsteher hat Euch tatsächlich versprochen, das Gold solch ehrbaren Zwecken zukommen zu lassen?«

»Er leistete einen Eid auf die Bibel.«

»Welch großzügige Geste.«

»Allerdings, mein Freund, allerdings.«

Hagen wurde nicht schlau aus seinem Führer. Wenn dies der Morten von Gotenburg war, vor dem Nimmermehr solche Angst gehabt hatte – und daran konnte eigentlich kein Zweifel bestehen –, wie ließ sich ihre Beschreibung dann mit dem Mann vereinbaren, der jetzt neben ihm ging?

»Sagt«, bat Hagen, »wie ist Euer voller Name?«

»Er wird Euch nichts sagen. Ich stamme aus dem Geschlecht derer von Gotenburg. Warum wollt Ihr das wissen?«

»Mir war, als hätte ich schon von Euch gehört.«

»Ihr scherzt!« Der Priester wirkte erfreut. »Dann eilt mir die Lehre Gottes voraus?«

Hagen zögerte. »Ja, so könnte man es nennen.«

Morten schien seine Zurückhaltung nicht zu bemerken. Statt dessen redete er weiterhin fröhlich drauflos. Von seinen Reisen sprach er, von den zahllosen Sünden, die er auf seinem Weg hatte mitansehen müssen, aber auch vom Guten in den Menschen, selbst in jenen, denen man es nicht ansah.

Als Bruder Morten stehenblieb und eine Haustür öffnete, tat Hagen, als stolpere er. Dabei ließ er sich gegen den Priester fallen und fuhr wie zufällig mit der freien Hand über dessen Gewänder.

»Wartet, wartet, mein Freund«, rief Morten aus und klang vergnügt. »Das Haus läuft uns nicht fort.«

Morten trug einen langen Umhang oder Mantel, vielleicht auch eine weite Kutte. Aber winzige Teufel, wie Nimmermehr gesagt hatte, saßen keine darunter. Morten schien nichts weiter zu sein als ein untersetzter, ja geradezu kleinwüchsiger älterer Mann, der zu Leibesfülle neigte; eine Gestalt, wie Hagen sie schon zu Dutzenden in den Klöstern der Christenorden gesehen hatte.

Der Priester führte ihn vorsichtig eine enge Holztreppe hinauf, dann eine zweite, bis sie auf dem Dachboden des Hauses standen. Es roch nach Tuch und Kleidung, die hier oben zum Trocknen aufgehängt wurden, nach Staub und Holz und kaltem Rauch.

»Seid so gut und beschreibt mir Eure Kammer, Bruder Morten«, bat er.

Der Priester half ihm, sich auf einem Schemel niederzulassen. »Es ist keine wirkliche Kammer, nur der hohle Giebel des Hauses. Der Dachboden ist ziemlich groß, aber der Vorsteher und seine Familie haben all ihren Besitz hier oben verstaut, und so ist nicht allzuviel Platz übriggeblieben. Es gibt ein offenes Kaminfeuer, außerdem hängen überall Laken und Decken.« Er lachte leise. »Es soll aussehen, als seien sie von der letzten Wäsche übriggeblieben. Aber ich vermute, der Vorsteher ließ sie aufhängen, damit sie sein Hab und Gut vor meinen Blicken schützen.«

»Er hat Euch kein Bett unten im Haus angeboten?«

»Das wäre mir nicht recht gewesen. Die Kargheit dieses Speichers läßt mich nur noch inniger Gottes Nähe und Wärme spüren.«

Am Rascheln der Kleidung hörte Hagen, daß auch Morten sich irgendwo hinsetzte.

»Bewahrt Ihr das Gold hier oben auf?« fragte Hagen.

»Ihr wollt es doch nicht stehlen, nicht wahr?« Einen Moment lang klang der Priester erschrocken, dann aber lachte er beschämt. »Verzeiht mir, Freund Hagen, ich vergaß Eure Blindheit... Ihr müßt mein Mißtrauen entschuldigen, gerade einem Kranken wie Euch gegenüber, aber –«

»Ich bitte Euch«, unterbrach Hagen ihn rasch. »Ihr habt mich gerettet. Wie könnte ich Euch etwas übelnehmen?«

»Habt Dank, mein Freund. Was das Gold angeht... es liegt gleich neben Euch, ein ganzer Sack voll.«

Hagen streckte die Hand aus und ertastete tatsächlich nach kurzer Suche grobes Leinen, das sich über etwas Hartem spannte. Seine Finger fanden eine Öffnung und glitten hinein. Er fühlte Münzen, unzählige Münzen, aber auch Ringe, Ketten und Geschmeide. All das schien ihm weniger der Lohn für Runolds Vorführungen zu sein als vielmehr die Beute eines Diebes. Offenbar war der Gaukler nicht davor zurückgeschreckt, seine Zuschauer um das eine oder andere edle Stück zu erleichtern. Er fragte sich, ob die falschen Götter von den Räubereien ihres Anführers gewußt hatten.

»Ich möchte Euch um eine ehrliche Antwort auf eine Frage bitten, Bruder Morten.«

»Natürlich, mein Freund.«

»Habt Ihr je zuvor meinen Umhang gesehen?«

Morten lachte verwundert. »Euren Umhang? Ein schönes Stück, zweifellos. Aber ich habe es heute zum ersten Mal gesehen. Ich bin sicher, es wäre mir in Erinnerung geblieben. Vor allem der Kragen aus Rabenfedern ist wundervoll gewirkt. Es sind doch Rabenfedern, nicht wahr?«

»Ja.« Hagen entspannte sich und versuchte, seine Gedanken in geordnete Bahnen zu zwingen. Nimmermehr hatte gesagt, sie habe den Mantel von Morten gestohlen. Noch eine Lüge.

Er faßte sich ein Herz und fragte: »Kennt Ihr ein Mädchen namens Nimmermehr?«

Morten schwieg eine Weile, und Hagen wünschte sich verzweifelt, er könnte sein Gesicht sehen, die Empfindungen, die es ausdrückte. So aber mochte Mortens Schweigen alles mögliche bedeuten.

Schließlich sagte der Priester nachdenklich: »Das ist ein merkwürdiger Name. Aber ich glaube nicht, daß ich ihn je zuvor gehört habe. Mein Gedächtnis ist nicht das beste, aber einen Namen wie diesen... nein, den habe ich nie gehört. Sagt mir, wer ist dieses Mädchen?«

»Jemand, den ich vor einigen Tagen getroffen habe«, entgegnete Hagen geschwind, ohne etwas preiszugeben.

»Sie muß über ein edles Wesen verfügen, wenn Ihr Euch nach ihr erkundigt, ohne sie je gesehen zu haben.«

»Ein edles Wesen, ja«, gab Hagen tief in Gedanken zurück.

Morten kicherte. »Nun, ich sehe schon, Ihr wollt mir nicht mehr davon erzählen. Ich bin ein Priester und wäre Euch in diesen Belangen ohnehin kein guter Ratgeber.«

Bemüht, so schnell wie möglich das Thema zu wechseln, fragte Hagen: »Was gedenkt Ihr eigentlich zu tun, wenn Räuber vom Fluß aus über Zunderwald herfallen? Das Gold liegt hier oben vollkommen unbewacht.«

»Oh, sie werden es nicht so einfach haben, wie Ihr glauben mögt, mein Freund.« Morten kramte lautstark zwischen irgendwelchen Gegenständen, dann drückte er Hagen einen langen Holzstab in die Hand. »Mein treuer Speer«, erklärte er. »Er hat mir auf meinen Reisen gute Dienste geleistet. So manchen Wegelagerer habe ich damit in die Flucht geschlagen, das dürft Ihr mir glauben. Wenn wirklich Räuber kommen und sich am Gold der Kirche vergreifen wollen, nun, dann sollen Sie kommen und sich Ihre Abreibung holen.«

Die kindliche Selbstüberschätzung des Priesters rührte Hagen zutiefst. Er tastete an dem Speer entlang und fand an seinem Ende eine scharfe, langgezogene Spitze, fast wie die Klinge eines Kurzschwertes.

»Wenn Ihr wollt«, sagte Morten, »dann behaltet ihn für eine Weile als Stock. Ich brauche ihn im Augenblick nicht, und er scheint mir besser geeignet als der krumme Ast, den Ihr aufgelesen habt.«

»Glaubt Ihr, daß das nötig ist? Ich meine, hier oben im Haus brauche ich keinen Stock und –«

»Ach, was«, fiel Morten ihm ins Wort. »Nehmt

ihn schon. Ihr seht aus wie ein Krieger, ganz gleich ob blind oder nicht, und Ihr werdet schon wissen, wie man mit so einem Ding umzugehen hat, ohne daß Ihr einem von uns damit den Bauch aufschlitzt.«

»Ihr seid ein wahrlich guter Mensch, Bruder Morten.«

»Alle Menschen sind gut, Freund Hagen, nur daß manche es besser zu verbergen wissen als andere.«

»Wie lange seid Ihr schon Priester?« Hagen rammte die Spitze des Speers in den Boden, damit er ihm mehr Halt geben konnte.

»Über dreißig Jahre.«

»Und Ihr habt es nie bereut?«

Leise Erheiterung sprach aus Mortens Stimme. »Es gab die ein oder andere Versuchung des Fleisches, wenn es das ist, worauf Ihr hinauswollt. Aber das ist lange her. Damals war ich jung und noch nicht so gefestigt im Glauben wie heute.«

»Hattet Ihr jemals mit Geistern zu tun?« Hagen sprach das Wort nur mit Widerwillen aus. Zu nahe war der Fluß, zu nahe der Siebenschläfer.

»Abgesehen vom Heiligen Geist, meint Ihr?« Morten zögerte kurz, dann fuhr er fort: »Hin und wieder hat man mich gebeten, eine Austreibung vorzunehmen. Man könnte sagen, daß ich eine gewisse Übung darin habe, arme Menschen vom Fluch der Toten zu reinigen. Aber ich muß zugeben, daß es lange Zeit zurückliegt, seit ich dergleichen gewagt habe.«

Hagen spürte, daß ein zaghaftes Zittern durch seine Glieder strömte.

»Ist Euch kalt?« fragte Morten. »Wartet, ich helfe Euch hinüber zum Kamin.«

Der Priester nahm ihn bei der linken Hand. Mit der Rechten stützte Hagen sich auf den Speer, benutzte ihn wie eine Krücke, während er dem Mann die wenigen Schritte zum Kaminfeuer folgte.

»Laßt mich Holz nachlegen«, sagte Morten und ließ Hagen los.

Unruhig tastete Hagen die Hand vor, berührte die Kutte des Priesters. Morten hockte vor ihm am Boden, hatte ihm den breiten Rücken zugewandt. Holzblöcke polterten in die Flammen, es knisterte.

»Es ist feucht hier oben, das tut weder uns noch dem Feuer gut.« Er schien mit irgend etwas in der Glut zu stochern.

»Es tut mir leid«, sagte Hagen.

»Was meint Ihr?« fragte Morten, immer noch mit dem Kamin beschäftigt. »Daß die Flammen so leicht ausgehen? Daran trifft Euch nun wahrlich keine Schuld.«

»Nein«, sagte Hagen leise. Und nochmal: »Es tut mir leid.«

Dann nahm er den Speer in beide Hände, zielte

blind und rammte ihn dem Priester zwischen die Schulterblätter.

❧

Er fror, als er hinaus auf die Straße trat. Ein eiskalter Wind peitschte vom Fluß herüber durchs Dorf, heulte in den verwinkelten Gassen und Treppenfluchten, pfiff durch morsche Dächer und klappernde Fensterläden. In der Ferne schlugen Hunde an, irgendwo am Ufer, bei den Fluchthütten. Die Strömung sang ein klagendes Trauerlied, durchsetzt vom Wispern und Kichern der Geister. Stimmen voller Häme, Gesänge aus der Tiefe des Leids.

Hagen schulterte den Goldsack und tastete sich mit dem blutigen Speer die Straße entlang. Mehrmals drohte er zu stolpern, doch sein Wille trieb ihn weiter voran. Er hörte, wie über ihm am Himmel die Raben krächzten, doch keiner von ihnen kam näher oder setzte sich auf seiner Schulter nieder. Er flößte sogar den Tieren Furcht ein, hager und ganz in Schwarz, bis zum Scheitel mit Mortens Blut besudelt.

Er folgte dem Glühen vor seinem rechten Auge und wußte, daß es ihn nach Süden führte, zum unteren Ende der Landzunge. Die Dorfstraße verlief vollkommen gerade, Hagen stieß nirgendwo an. Gut möglich, daß ein anderer ihm den Weg wies; jemand, der sich vor Gier und Vorfreude verzehrte. Der Fluß war unersättlich. Forderte, forderte.

Das Gelände stieg kaum merklich an. Hagen mußte die Häuser hinter sich gelassen haben. Der Schimmer vor seinem Auge schien zum Leben zu erwachen, er begann jetzt zu zucken, zu flackern. Fauchen und Knistern lag in der Luft. Tannennadeln knallten, als die Flammen auf sie übergriffen. Es wunderte Hagen nicht mehr, als die gelbrote Helligkeit sich bei seinem Näherkommen aufspaltete. Aus einem Feuer wurden fünf. Fünf brennende Tannen.

Hitze schlug ihm entgegen und vertrieb die Kälte der Nachtwinde. Nur das Eis in seinem Innerem ließ die Wärme unangetastet.

Als die Glut auf der Haut fast unerträglich wurde, blieb Hagen stehen. Er stützte sich schwer auf Mortens Speer und wuchtete den Goldsack auf den Boden. Münzen und Geschmeide klirrten beim Aufprall.

Die Stimmen der Flußgeister wirbelten in seinen Ohren, drifteten auseinander, fanden neue Form, verdichteten sich, mal zu unverständlichen Worten, dann wieder zum Rauschen der Strömung.

Nimmermehr war plötzlich neben ihm.

»Sag, Hagen, wie lange ist es her, daß du begonnen hast, für Gold zu morden?«

Ihre Stimme: so leise, so zaghaft, so sanftmütig.

Hagen war müde, die Erschöpfung schwächte seine Sinne. »Ich hatte nie eine andere Wahl.«

Der schwarze Abgrund vor seinem zerstörten linken Auge wurde allmählich von dem Flackern von rechts verdrängt. Was immer in der Tiefe gelauert hatte – es würde entweder von dem Licht emporgespült oder vernichtet werden.

»Aber wie lange ist es her?« fragte sie beharrlich. »Wann ist es zum ersten Mal geschehen?«

»Kurz, nachdem ich die Burg des Otbert von Lohe verließ.« Nach einem langen Atemzug fügte er hinzu: »Die Burg deines Vaters, Malena.«

Nimmermehrs Stimme wechselte von seinem linken zum rechten Ohr, ohne daß er eine Bewegung wahrnahm. Kein Luftzug, kein Geräusch. »Malena? Nein, Hagen. Nicht Malena.«

Er zögerte, versuchte nachzudenken. Dann, auf einen Schlag, verstand er. »Nane«, sagte er leise. »Du bist Nane.«

»Malenas Schwester, ja«, sagte sie bar jeder Empfindung. »Ich war nicht zu Hause, als es geschah. Ich habe geweint, weil du und Malena fortgeritten wart. Ich bettelte und flehte so lange, bis Mutter mir gestatte, mit meiner Amme einen Ausflug in die Wälder zu machen. Wir versprachen ihr, uns nicht weit von der Burg zu entfernen, dennoch verirrten wir uns. Als wir den Weg zurück fanden, war es dunkel.

Wir sahen vom Waldrand aus, wie du die Burg verließest, in voller Rüstung, mit Vaters Langbogen bewaffnet. Ich kann mich kaum noch daran erinnern, aber die Amme hat es mir später erzählt. Nachdem ihr klargeworden war, daß alles Leben aus der Burg verschwunden war, brachte sie mich weit, weit fort und zog mich auf, in einem Dorf am Fluß, ähnlich wie diesem hier.

Jahre später überraschte uns in einer Nacht das Hochwasser. Die meisten Menschen konnten sich retten, sie hatten gelernt, wie man schwimmt. Ich nicht. Meine Amme überlebte, aber ich ertrank. Das Mädchen Nane wurde eins mit den Rheingeistern.

Von ihnen erfuhr ich, was meiner Familie zugestoßen war, und auch, wer die Schuld daran trug. Dennoch: So lange ich auch suchte, Malena und meine Eltern waren nicht unter den verlorenen Seelen am Grunde des Flußes. Sie waren anderswo, denn der Siebenschläfer verweigerte ihnen die Gnade, mit den anderen durch die Tiefen zu schweben.

Ihre Seelen waren zu Gefangenen geworden, an einem Ort, den die Geister das Herbsthaus nannten. Lange Zeit suchte ich nach dem Siebenschläfer, um ihn anzuflehen, mich zu ihnen zu bringen, doch ich fand ihn nicht. Er ist nicht wie wir anderen. Er ist böse, verschlagen und hinterhältig, und er spricht allein durch seine drei Dienerinnen, zeigt sich selbst keinem anderen, nicht einmal den übrigen Geistern des Flusses.

Eine Ewigkeit lang zog ich durch die Klüfte des Rheins, durch die eisigen Abgründe, wo das Schreien und Flehen und Weinen niemals ein Ende hat. Doch das alles war vergebens – bis mir endlich klar wurde, was ich zu tun hatte. Wenn ich nicht zum Siebenschläfer kommen konnte, dann mußte er zu mir kommen. Und es gab nur einen, der regelmäßig mit ihm oder seinen Dienerinnen zusammentraf.«

Hagen hob den Speer und schleuderte ihn voraus in die lodernde Helligkeit. Ein kaum hörbares Klatschen verriet, daß der Wurf fehlgegangen war; der Speer war irgendwo im Rhein versunken. Es würde noch Tage, noch Wochen dauern, bis er wieder sehen oder gar zielen konnte.

»Du warst die ganze Zeit über bei mir?« fragte er ins Leere. »Während ich mit Runold ritt, bewußtlos in der Scheune lag – und auch auf dem Dachboden?«

»Die ganze Zeit«, bestätigte Nanes Geist. »Niemand sieht mich, Hagen. Das gilt nicht nur für dich, sondern auch für jeden anderen, ganz gleich ob sehend oder blind. Ich kann dich meine Stimme hören lassen, und ich kann dir das Gefühl geben, mich zu berühren. Aber sehen? Nein, Hagen, sehen kann mich keiner.«

Er brauchte eine Weile, um die Bedeutung ihrer Worte völlig zu erfassen. Dann erst sagte er langsam: »Dieses Gold, es hat niemals Runold gehört, oder?«

»Nein. Es gibt viel davon unten im Rhein, in den Wracks gesunkener Schiffe. Die Geister der Bootsleute behüten es mit wachsamen Blicken. Es war nicht leicht, etwas davon heraufzuholen.«

Die heiße, rauchgeschwängerte Luft strömte wie flüssige Glut in Hagens Brust. Er aber verschwendete keinen Gedanken an den Schmerz. »Du hast Runold das Gold untergeschoben um –«

»Die Gier der Dorfbewohner zu wecken, natürlich. Ich mußte die Gaukler loswerden, so schnell es nur ging. Und Zunderwald hat eine lange Tradition, was Raub und Diebstahl angeht.«

»Weshalb aber diese Geschichte über Bruder Morten? Warum das Gerede vom Pakt mit dem Bösen, von Teufeln unter seinem Mantel?« Die Hitze wurde immer unerträglicher, aber Hagen wagte nicht zurückzutreten, aus Angst, Nanes Geist, Nimmermehr, könne verschwinden.

»Ich kannte ihn schon lange. Er hat viele von uns vertrieben, die in die Körper von Menschen schlüpften. Er –«

Hagen unterbrach sie. »So wie du in die Tochter des Vorstehers geschlüpft bist?«

»Ja. So etwas ist schwierig, und niemals von Dauer, aber Priester wie Bruder Morten können uns dabei vernichten.«

»Er war ein guter Mann.«

»Was dich nicht daran gehindert hat, ihn hinterrücks zu ermorden.«

Hagen verzog keine Miene. »Ich habe es früher getan, und ich werde es in Zukunft tun. Das ist mein Fluch.«

»Dein Fluch ist es, dem Siebenschläfer Gold zu opfern, nicht Unschuldige zu töten!« Sie klang jetzt eine Spur schärfer.

»Das eine ist nur eine Folge des anderen.« Seine Stimme bebte; die Kälte, die er hineinlegen wollte, wirkte gekünstelt und falsch. Die Überzeugung, die er sich übergestreift hatte, war zu groß für ihn, wie ein falsches Paar Stiefel. Sie war für andere gemacht, nicht für ihn, und doch hatte er keine Wahl. »Du hast mir meine Frage nicht beantwortet«, sagte er langsam. »Warum dieses Märchen von Mortens Pakt mit dem Bösen?«

»Ich wollte sicher sein, daß du seine Unschuld und Reinheit in ihrer vollen Größe wahrnimmst«, gab sie zur Antwort. »Du hast einen Hexer erwartet, und begegnet ist dir ein Heiliger. Ich wollte wissen, ob du ihn trotzdem tötest.«

Er schnaubte verächtlich – nur ein weiterer schwacher Versuch, sich selbst zu schützen. »Und nun, da du es weißt?«

»Nun kann ich Malena berichten, was aus dir geworden ist«, sagte sie eisig. »Wenn ich ihr im Herbsthaus gegenüberstehe, wird sie erfahren, wie du wirklich bist, Hagen von Tronje. Und sie wird ihren Schmerz, von dir getrennt zu sein, überwinden können.«

Darauf schwieg er eine lange Zeit, während die fünf Tannen immer heller brannten. So wie sie Hagen den Weg gewiesen hatten, würden sie auch die Dienerinnen des Siebenschläfers herbeilocken.

Erst als er nicht mehr sicher war, ob Nanes Geist überhaupt noch um ihn wehte, stellte er seine letzte Frage:

»Warum dieser Ort?«
»Du hast ihn doch erkannt, oder?«
»Aber warum gerade hier?«

Jetzt lachte sie leise, hell und sanft und mädchenhaft. »Du hast ihn gesucht, Hagen. Ohne es zu wissen, vielleicht, ohne es wahrhaben zu wollen. Aber all deine Wege, deine Reisen, immer kreisen sie um dieses eine Ziel. Du wolltest erfahren, was damals unter dir war, in jener Nacht, als du zwischen den Tannenwipfeln dahintriebst. Du hast davon geträumt, nicht wahr? Von schwarzen Abgründen voller Bestien und böser Götter. Aber so war es nicht, Hagen. Da war nichts, als ein einfacher Opferplatz der Dorfbewohner, die mit dem Gold den Siebenschläfer um Schonung baten. Sie haben ihm geopfert, was sie von anderen geraubt hatten. Er aber hat ihr Flehen nicht erhört. Der Fluß überschwemmte ihre Häuser bis über die Giebel. Einige dieser Menschen warfen sich verbittert in die Fluten, trugen das Gold hoch hinauf in die Wipfel, damit das Wasser es nicht mehr erreichen möge. Und dann, Hagen, kamst du. Du hast nicht nur die Dorfbewohner um ihre Beute gebracht, du hast auch das Opfer des Siebenschläfers gestohlen. Du hast deine Strafe verdient, jeden Tag voller Elend, der über dich kam. Wir aber, die wir mitgerissen wurde von der Rachsucht des Siebenschläfers, wir waren unschuldig. Unschuldig, Hagen! Trotzdem wurde meine Familie zu einem Leid verdammt, das viel größer ist, als das deine je sein wird.«

Hagen ging in die Knie, schlug die Hände vors Gesicht. Lange Zeit hockte er da, während der Opferplatz des Siebenschläfers von den Flammen verzehrt wurde. Erst als er langsam den Kopf wieder hob und abermals ins Feuer blickte, kam ein Flüstern über seine Lippen.

»Aber ich war nur ein Kind! Nichts von all dem habe ich gewußt!«

Ihre Stimme wehte wie eiskalter Atem in sein Ohr. »Ich war auch nur ein Kind, Hagen. Malena war ein Kind. Sie hat nie –«

Ein tosender Windstoß übertönte ihre Worte, ein

donnerndes Krachen und Rauschen erklang, und tausendfache Gischt sprühte Hagen ins Gesicht.

»Er kommt«, flüsterte er in den Lärm einer Flutwelle. »Der Siebenschläfer kommt.«

Und er nahm den Goldsack, ungeachtet von Nimmermehrs Anwesenheit, wandte sich von der Helligkeit ab und schleppte sich so lange vorwärts, bis seine Stiefel ins Wasser traten.

Er hörte dreistimmiges Kichern, dreistimmigen Wahnsinn. Dann entriß ihm eine Woge das Gold und zog es strudelnd in die Tiefe. Er selbst wurde nach hinten geschleudert, prallte zurück in aufgeweichtes Erdreich.

Ein Lufthauch schabte hart wie Eiskristalle an seiner Wange vorüber; Nanes Geist folgte den drei Wasserfrauen zum Herbsthaus. Sie würden ihr den Weg weisen, wissentlich, vielleicht, oder blind in ihrer Gier nach dem Gold und dem Lob ihres Meisters.

Hagen wollte sich erheben, rückwärts ins Trockene kriechen, als ihn eine weitere Welle erfaßte, mit sich in den Fluß riß, weit, weit hinaus, tanzend wie Treibholz über der eisigen Tiefe.

Ich ertrinke, dachte Hagen und war glücklich.

Aber er ertrank nicht. Der Siebenschläfer wachte neidisch über seinen Sklaven, und er spülte Hagen ans Ufer, fern von Zunderwald, fern aller Gefahr.

Epilog

Es kam ihm vor, als sei der Hang seit damals steiler geworden. Steiler und schwerer zu erklimmen. Es war sein Widerwille, der ihm dieses Gefühl gab. Er hatte nicht hierher zurückkehren wollen, niemals wieder. Nun hatte er auch diesen Schwur gebrochen. Noch etwas, das falsch war. Eine Sünde, ein Frevel, ein Verrat an sich selbst. Aber einer mehr oder weniger, was bedeutete das schon?

Mit seinem einen Auge blickte Hagen zur Ruine der Burg hinauf. Die Türme waren eingestürzt, die Dächer zerfallen, die Zinnen ausgefranst wie verschlissenes Leinen. Raben schwebten über den Mauern, vielleicht seine eigenen, vielleicht auch nur solche, die sich hier eingenistet hatten.

Dieser Ort war seiner würdig, eine Ruine wie er selbst, ausgebrannt, zerstört. Nicht einmal Raubritter und anderes Gesindel hatten hier Quartier bezogen. Sie fürchteten die Burg; das, was davon übrig war. Und sie hätten auch Hagen gefürchtet; das, was von ihm übrig war.

Sein linkes Auge war hinter einer schwarzen Binde verborgen, die schräg über Stirn und Wangenknochen saß. In den Wochen, die seit den Ereignissen von Zunderwald vergangen waren, war sein Gesicht noch hagerer geworden, seine Falten noch tiefer. Sein Mantel schützte ihn vor dem eisigen Wind, der ihm vom Fluß herauf folgte, doch gegen die Kälte in seinem Inneren konnte auch der Überwurf nichts ausrichten. Ihm war, als habe sich ein faustgroßes Hagelkorn in seiner Brust eingenistet.

Vor dem Torbogen der Ruine verharrte er kurz, ein unmerkliches Zögern, der eigenen Kindheit zu begegnen. Dann trat er hindurch. Hinter dem Tunnel des Torhauses lag der Innenhof, von Gras und Brennesseln überwuchert wie eine Waldlichtung. In Fenstern und Türen hingen Schatten wie Spinnweben, allein das Flattern der Raben kündete von Leben.

Hagen hatte sich oft gefragt, woher sein Mantel wirklich stammte. Irgendwann, vielleicht, würde er die Antwort darauf finden, ebenso wie auf die Frage, warum Nimmermehr ihm das Stück zum Geschenk gemacht hatte.

Erinnerungen überkamen ihn, schmerzliche Bilder, in sein Gedächtnis gebrannt wie mit glühenden Eisen. Er sah sich selbst, einen Jungen, ausstaffiert wie ein Krieger. Allein auf der Flucht vor dem Grauen, das er über Otbert von Lohe und seine Familie gebracht hatte. Er hatte lange gezögert, nach Hause zurückzukehren. Doch nach einigen Wochen in der Einsamkeit war ihm klargeworden, daß er mit der Ungewißheit nicht leben konnte. Er hatte wissen müssen, ob seine Ahnungen wahr waren.

Damals, vor so vielen Jahren, war er genauso wie heute diesen Hang hinaufgestiegen, in seinem Rükken das Geplapper der Strömung. Er hatte alles so vorgefunden, wie seine schlimmsten Träume es prophezeit hatten.

Verlassen. Menschenleer. Die Burg nur ein Gerippe aus Stein.

Wie hatte er jemals glauben können, der Siebenschläfer hätte ihren Pakt vergessen? Die Festung des Grafen von Lohe war nicht der erste Ort gewesen, den der Flußgeist heimgesucht hatte. Er hatte sein

Zerstörungswerk dort begonnen, wo er Hagen am empfindlichsten zu treffen glaubte – zu Hause.

Hagen aber hatte es während seiner Abwesenheit nicht einmal bemerkt. Nicht, bevor Malena und die anderen verschwanden. Wie lange waren seine Eltern zu jenem Zeitpunkt schon tot gewesen? Tage, Wochen? Oder hatte der Siebenschläfer sie gleich zu Anfang geholt, nachdem das erste Opfer ausblieb?

Fast ein Jahr lang hatte Hagen nur für seine Selbstvorwürfe gelebt. Er war am Morgen erwacht, um sich selbst zu martern, und er war des Nachts eingeschlafen, damit die Alpträume ihm seine Fehler und Vergehen vor Augen hielten. Wie oft hatte er seinem Leben ein Ende setzen wollen, doch damit hätte er nur seine Niederlage eingestanden. Er war nicht fähig, sich selbst zu töten, und so tötete er andere. Mond für Mond für Mond.

Nie mehr war er in all der Zeit zur Burg derer von Tronje zurückgekehrt. Er hatte Dankwart in Worms aufgesucht, das letzte Mal vor vielen Jahren, und sie hatten nächtelang über das gesprochen, was geschehen war. Doch die volle Wahrheit hatte Dankwart nie erfahren. Er mochte sie ahnen, und vielleicht war das der Grund, weshalb er Hagen gebeten hatte, in Worms zu bleiben. Er hatte ihn um sich haben wollen, hatte verhindern wollen, daß noch mehr Schaden angerichtet wurde. Dennoch hatte Hagen die Königsburg verlassen.

Statt dessen war er nun nach all den Jahren heimgekehrt. Dies war die Burg seiner Väter. Hier war er geboren, aufgewachsen. Hier hatte der weise Bärbart ein Stück von Hagen in einen Baum verpflanzt, und mit ihm einen Teil seines Fluches. Bärbart hatte das damals schon begriffen und war rechtzeitig geflohen. Vor dem Fluß, vor Hagen – und vor dem Baum.

Hagen schaute sich ein letztes Mal im verwilderten Burghof um und wunderte sich, wie wenig vertraut ihm dieser Ort doch war. Es war nicht nur die Zeit, die zwischen ihm und diesen Mauern stand. Heute war Hagen ein anderer, nicht mehr der staunende Junge, dem all das groß und mächtig und unüberwindlich erschien. Welcher Feind, so hatte er damals stolz gedacht, würde diesem Bollwerk etwas anhaben können?

Jetzt wußte er, daß er selbst dieser Feind war. Der Gedanke schmerzte, aber Schmerz war für Hagen längst ein enger Vertrauter.

Er schaute zu Boden, als er den Burghof verließ. Er brachte es nicht über sich, den Blick der leeren Fenster und Scharten zu erwidern; er wußte, daß hinter ihnen weitere Erinnerungen schliefen.

Nachdenklich trat er aus dem Dunkel der Burg ins Tageslicht und fühlte sich dabei, als sei er selbst ein Stück ihres Schattens, losgelöst aus der Finsternis, erfüllt von falschem Leben. Mit großen Schritten ging er zum Waldrand, durchquerte die Reihen der Bäume und stand schließlich vor einem Geländestreifen, der hüfthoch mit Ranken, Sträuchern und Büschen bewachsen war. Dazwischen blickten halbverfaulte Baumstümpfe zum verhangenen Himmel empor. Einst war dies ein Ödland gewesen, und jenseits davon, bedrohlich und krumm, stand damals wie heute die Eiche.

Sein Baum.

Hagen kämpfte sich durch die Wildnis, ohne die Augen von der knorrigen Krone zu nehmen. Immer noch schien sie ihm, als wollte sie die ganze Welt mit ihren Ästen umfassen. Ein kindischer Gedanke, gewiß, aber er kam zurück zu ihm wie alle anderen Empfindungen von damals. Sogar ein Hauch der alten Angst war wieder da.

Er verdrängte alles, was ihn von seinem Plan hätte abbringen können. Entschlossen schritt er auf den Baum zu. Seine Augen suchten den Spalt der Zweiten Geburt, und, ja, da war er. Die Jahre hatten ihn in die Länge gezerrt, und die Lippenwülste an seinen Rändern waren flacher geworden. Die ganze Öffnung hatte sich verengt, als der Baum versucht hatte, die Wunde zu schließen. Vergeblich.

Immer noch fiel kein Licht durch den Spalt. Hagen bückte sich, schaute hindurch. Das Nachtstück, das im Stamm gefangen war, schien ihn um Hilfe anzuflehen. Daran hatte sich nichts geändert, auch nicht nach über zwanzig Jahren. Hagen sah den schwarzen Himmel über den Hügeln, sah die Sterne darin glühen und flackern. Er brachte es nicht über sich, auch von der anderen Seite hindurchzublicken. Er wußte, was er sehen würde: seine Mutter, den Pfaffen Viggo, die Diener mit ihren Fackeln. Alle gefangen, festgehalten in einem einzigen Augenblick, den der Baum für sich beansprucht hatte.

Doch das war nicht alles. Da war noch etwas, unsichtbar, aber Hagen konnte es fühlen. Es war ein Teil seiner Seele, und darin ein Teil seines Fluchs.

Die Worte, die seine Mutter ihm in jener Nacht zugezischt hatte, traten ihm wieder ins Bewußtsein, so wie seit Wochen Tag für Tag: *Fällt man den Baum, der den Geheilten geboren hat, und läßt man ihn als Teil eines Schiffes zu Wasser, so entsteht daraus ein Klabautermann. Ein Wassergeist, ein Teufel.*

Sie hatte geahnt, wie es kommen würde. Hatte es zumindest befürchtet. Ein Teufel, schlimm genug. Und schlimmer noch: mit Hagens Fluch beladen.

Seit Zunderwald war ihm klargeworden, daß er das nicht zulassen konnte.

Er entkorkte den Lederschlauch, den er einem fahrenden Händler abgenommen hatte. Stinkendes Öl ergoß sich über die Wurzeln der Eiche, rundherum, dann auch über die Rinde des Stammes, und so hoch hinauf in die Äste, wie Hagen es gerade noch schleudern konnte.

Dann hockte er sich ins Gras. Mit grellem Klang schlugen die Feuersteine aneinander. Es dauerte nicht lange, bis die ersten Funken sprühten.

Der Baum stieß ein Fauchen aus wie ein wildes Tier. Vielleicht war es auch nur die Feuerlohe, die schlagartig am Stamm hinaufloderte. Flammen züngelten wie gelbe Schlangen an der Rinde empor, zwischen die Zweige, hoch in die Krone. Innerhalb weniger Augenblicke stand der ganze Baum in Flammen. Glut umhüllte ihn von den Wurzeln bis zu den Astspitzen. Eine Fahne aus pechschwarzem Rauch quoll gen Himmel, vereinigte sich mit trüben Wolkenballen.

Hagen sah zu, wie die Eiche verbrannte, sah zu, wie das Feuer sie mit solcher Wut verzehrte, als hätte es nur auf diesen Augenblick gewartet.

Mit dem Baum verging ein Teil seiner selbst. Niemand würde diesen Stamm mehr fällen und zu Wasser lassen. Kein Klabautermann, kein Teufel mit Hagens Seele würde durch die Tiefen ziehen. Kein zweiter Siebenschläfer.

Er wartete, bis die Zweige zu Asche zerfielen und nur noch der brennende Baumstamm dastand, eine Fackel vor dem Grau des Himmels. Das Nachtstück war endlich frei. Nach zwei Jahrzehnten verging auch dieses winzige Bruchstück der Zeit.

Hagen aber wandte sich um und lief zurück zum Wald, schlug sich quer durch die Bäume, ließ sie hinter sich und mit ihnen die Ruine auf ihrem einsamen Felsbuckel. Nur einmal schaute er sich um, sah das Feuer auf der Klippe und dachte, daß er das Richtige getan hatte. Zum ersten Mal seit Jahren: das Richtige.

Hagen schöpfte neue Hoffnung. Er hatte jetzt ein Ziel. Und vielleicht erwartete ihn dort etwas, das Glück zumindest nahekam.

Da vorne, ja, er sah es vor sich!

Sein Ziel, seine Zukunft, sein Frieden.

Worms.

❧

ENDE

Die Nibelungen

Die große Saga »Die Nibelungen« ist keine Nacherzählung des weltberühmten Nibelungenliedes. Jeder Roman erzählt eine neue, aufregende Geschichte um einen Helden des Epos. Gleichwohl lassen sich die Romane in die Chronologie des Liedes einordnen.

❖

❖ *Chronologie*
❖ **Die Flammenfrau**

- **Der Rabengott**
- Hagen kommt nach Worms und beginnt seinen Aufstieg zum Berater.

- **Der Runenkrieg**
- Siegfried tötet Nibelung und Schilbung. Er stiehlt Alberich die Tarnkappe.

- **Der Feuerstein**
- Siegfried erschlägt den Drachen.

- **Das Drachenlied**
- König Dankrat von Burgund stirbt. Gunther besteigt den Thron.

- **Das Nachtvolk**
- Siegfried kommt nach Worms.
- Die Helden reisen nach Island und kämpfen um Brunhilds Hand.
- Siegfried heiratet Kriemhild, Gunther vermählt sich mit Brunhild.
- Hagen tötet Siegfried und versenkt den Nibelungenhort im Rhein.
- Kriemhild heiratet den Hunnenkönig Etzel.
- Die Burgunden folgen Kriemhilds Einladung zur Hunnenburg.
- Kriemhild läßt die Burgunden von den Hunnen ermorden.

DIE NIBELUNGEN

Alexander Nix
Das Drachenlied
Roman, 256 Seiten
TB 27411-2
Originalausgabe

Amüsant und mystisch zugleich: die faszinierende Geschichte, wie Alberich, der Zwerg, die Tarnkappe zu den Nibelungen brachte. Mit Witz und Heldenmut – und höchst seltsamen Gefährten – beschließt der Zwerg, sich dem gefährlichsten Drachen am Rhein zu stellen.
Alexander Nix ist das Pseudonym eines bekannten deutschen Autors.

ECON TASCHENBÜCHER

ECON

DIE NIBELUNGEN

Martin Eisele
Der Feuerstern
Roman, 256 Seiten
TB 27415-5
Originalausgabe

In einer Gewitternacht sieht der junge Gunther einen unheimlichen Feuerstern vom Himmel fallen. Er schleicht seiner Schwester Kriemhild davon, um den seltsamen Stern zu finden, doch je näher er ihm kommt, desto heftiger wird er von Ängsten und Alpträumen geplagt. Ein großer Nibelungen-Roman von Martin Eisele, der zusammen mit Roland Emmerich den Film »Joey« erfand.

ECON TASCHENBÜCHER ECON

DIE NIBELUNGEN

Jana Held
Die Flammenfrau
Roman, 288 Seiten
TB 27412-0
Originalausgabe

Im fernen Island, im Vulkanschloß ihrer Mutter, kommt die legendäre Brunhilde zur Welt. Eine Prophezeiung besagt, daß sie eine »Flammenfrau« werden wird, eine Magierin, die niemand erobern kann.
Der große Roman über die Frau, die Siegfried den Untergang brachte.

ECON TASCHENBÜCHER   ECON

DIE NIBELUNGEN

Bernhard Hennen
Das Nachtvolk
Roman, 272 Seiten
TB 27413-9
Originalausgabe

Unruhe am Hof zu Worms: Der Spielmann Volker von Alzey muß fliehen, weil er angeblich einer schönen Fürstin zu nahe gekommen ist. Volker gelangt ausgerechnet in die abgelegenen Sümpfe, wo ein seltsames Volk darauf wartet, daß sich die Zeiten ändern und sie mit magischen Waffen in einen neuen Krieg ziehen können.

ECON TASCHENBÜCHER   ECON

DIE NIBELUNGEN

Franjo Terhart
Der Runenkrieg
Roman, 256 Seiten
TB 27414-7
Originalausgabe

Siegfried ist ein wilder, verwegener Junge, als er allein zu einem legendären Runenmeister zieht. Der Alte soll ihm beibringen, wie er ein Schwert schmiedet, das ihn unbesiegbar macht. Das erste große Abenteuer Siegfrieds im Land der Nibelungen, voller Witz und Spannung erzählt.

ECON TASCHENBÜCHER

ECON